Guido Kasmann

Der Angriff der Dunkelelfen

Guido Kasmann

Der Angriff der Dunkelelfen

aus der Reihe

Fantastische Zauberwelten

mit Illustrationen von Carmen Hochmann

Im BVK Buch Verlag Kempen sind weitere **Bücher** von Guido Kasmann erschienen:

Fantastische Zauberwelten:
• **Der schwarze Nebel – Band 1**
• **Der Fluch des Bergzauberers – Band 2**

Kathi und Gregor:
• **Appetit auf Blutorangen**
• **Das Schweigen des Grafen**

Weitere Bücher von Guido Kasmann:
• **Fiete Hering – Abenteuer im Müllmeer**
• **Die Osterschildkröte**
• **Kein Raumschiff im Schrank**
• **Sing, Luisa, sing**
• **Allaq – Jäger im Eis**
• **Die Bande der unbekannten Helden – rettet die Welt**
• **Theo – das Tagebuch**
• **Lena! Chaos! Klappe, die erste!**
• **Schirmel und Oderich**
• **Neue Geschichten von Schirmel und Oderich**
• **Schirmel nund Oderich feiern Weihnachten**

Bibliografische Information Der Deutschen Bibliothek
Die Deutsche Bibliothek verzeichnet diese Publikation in der Deutschen
Nationalbibliografie; detaillierte bibliografische Daten sind im Internet über
http://dnb.ddb.de abrufbar.

www.buchverlagkempen.de

6. Auflage, Kempen 2022
© 2011 BVK Buch Verlag Kempen GmbH, Kempen

Nach der neuen deutschen Rechtschreibung

Lektorat: Sandy Willems-van der Gieth, BVK
Umschlaggestaltung: Laura Dohmen, BVK, unter Verwendung der
Illustration von Carmen Hochmann, Bielefeld
Gestaltung: Daniela Heirich, BVK
Illustrationen: Carmen Hochmann, Bielefeld
Druck / Bindung: Jettenberger Internationale Druckagentur, D-Königsbrunn

Printed in Europe

Best.-Nr.: LI59, ISBN 978-3-86740-315-3

Für Danny, Inge und Jörg

Wer in der Wüste schmachtet, der lernt den Wert des Tropfens erkennen, der dem Dürstenden das Leben rettet. Und auf wem das Gewicht des Leides und der Sorge lastete, ohne dass eine Hand sich helfend ihm entgegenstreckte, der weiß, wie köstlich die Liebe ist, nach der er sich vergebens sehnte.

Karl May, Durchs wilde Kurdistan, 1892, S. 633

1. Kapitel

Kuno weicht von seinem Ziel ab

Die violette Sonne brannte heiß von einem wolkenlosen Himmel auf Kuno und seine Koboldfreunde Nestor, Meinulf und Elmar herunter. Seit Tagen folgten sie den zarten Gesängen der Zitterelfen, die sie zur Traumfeen-Nacht führen wollten. Und von Tag zu Tag war die Hitze größer geworden im Zauberreich.

„Hey, ihr Bibbertanten", stöhnte Kuno. „Wie lange müssen wir denn noch laufen? Wollt ihr, dass wir in der Traumfeen-Nacht einschlafen oder zusammenbrechen beim Tanz?"

Kunos Koboldfreunde lachten.

„Nicht so ungeduldig, Kobolde", sang eine Zitterelfe. „Der Weg ist so lang, wie er sein muss."

Die Kobolde schnauften.

„Warum muss er denn so lang sein?", fragte Nestor und schaute seine Gefährten mit einem Blick an, als wollte er sagen: „Ist das nicht eine pfiffige Frage?"

Eine andere Zitterelfe antwortete nun: „Damit ihr ihn geht."

Die Kobolde brummelten vor sich hin. Es war eine Antwort nach den Gesetzen des Zauberreiches. Die galten immer, aber man konnte sie nicht erklären.

„Wenn nur diese Hitze nicht wäre", bemerkte Nestor, während er sich Schweißtropfen von der Stirn wischte.

„Weiß eigentlich einer von euch, wo wir ungefähr sind?", fragte Meinulf.

Die anderen schüttelten den Kopf.

„Bei dieser Hitze könnte man denken, wir sind in der Zauberwüste", überlegte Elmar.

Man erzählte sich, dass die Zauberwüste fast genauso groß wie das Zauberreich war. Dort wohnten seltsame Wesen, die es sonst nirgends gab. Und nun lebten da auch die Dunkelelfen, weil Fürst Feridun Flint von Funkenflug sie mit Hilfe der Baumtrolle dorthin geschickt hatte, damit sie keinem Wesen des Zauberreiches mehr Schaden zufügen konnten.

Kuno hing seinen Gedanken nach. Er fragte sich, ob das Zauberreich nun wirklich endgültig von den Dunkelelfen erlöst war. Denn sie waren böse und gefährlich. Fürst Feridun hatte sich von der Dunklen Seite abgewandt und wollte mit Hilfe seines Vaters Mangold Majestatus für eine friedliche Zauberwelt sorgen. Es war aber denkbar, dass sich die Dunkelelfen nicht in ihr Schicksal ergaben. Was, dachte er beunruhigt, wenn sie versuchten, sich an den Kobolden und dem Drachenfürsten zu rächen? Oder an den Menschenkindern …

„Das ist aber jetzt heißer als heiß!", jammerte Nestor.

„Wir brauchen eine Pause", entschied Kuno. Dann rief er den Zitterelfen zu: „Hey, Bibbertanten, könnt ihr uns mit euren Flügeln mal ein bisschen kühlen Wind zufächeln? Wir gehen fast ein vor Hitze."

„Manchmal kommst du dir vor wie ein kleiner Kobold-könig, was, Kuno?!", sang eine Zitterelfe, aber es klang nicht sehr lieblich. „Kannst du dir vorstellen, dass uns auch heiß ist, hm?"

„Aber das mit der Pause ist eine gute Idee", gab eine andere Elfe zu. Ihre Begleiterinnen schwebten ins Unterholz und für eine Weile war kein Gesang zu hören. Auch die Kobolde suchten einen Platz zum Ausruhen.

„Passt bloß auf die fleischfressenden Pflanzen auf!", warnte Kuno seine Gefährten. Einmal hatte er eine un-erfreuliche Begegnung mit einer dieser gefährlichen Pflanzen gehabt, und so etwas wollte er keinesfalls noch einmal erleben. Auch wenn er dadurch Jan kennenge-lernt hatte. Der hatte ihn im letzten Moment vor der gefräßigen Blume gerettet. Es war Kunos erste Begeg-nung mit einem Menschen gewesen.

Elmar, der ein paar Schritte vorgelaufen war, rief zu seinen Gefährten: „Hier sind ganz viele fleischfressende Pflanzen. Aber ich glaube, wir müssen keine Angst vor ihnen haben."

Die anderen Kobolde schauten ihm über die Schulter und betrachteten staunend die Pflanzen vor ihnen. Nein, von ihnen ging keine Gefahr mehr aus, denn ihre Blätter waren braun und ver-trocknet und die Blüten hingen kraftlos an gebeugten Stängeln fast bis zum Boden herab.

Obwohl die Kobolde ganz nah vor ihnen standen, streckte sich ihnen keine der gierigen Blüten entgegen. „Man könnte fast Mitleid mit ihnen haben", murmelte Kuno vor sich hin.

Dennoch machten die Kobolde einen Bogen um die gefräßigen Blumen und fanden einen Baum mit tief herabhängenden Ästen. Dort oben im Geäst konnten sie im Schutz der Blätter ein Nickerchen machen. Wegen der herumstreunenden Werwölfe war es zu gefährlich, auf dem Boden zu schlafen.

Meinulf zog einen der tief hängenden Äste noch ein bisschen weiter herab, damit die anderen hinaufklettern konnten, als sie eine tiefe, dröhnende Stimme zusammenzucken ließ: „Das wollt ihr mir doch nicht antun!" Vor Schreck ließ Meinulf den Ast los, der haarscharf an Kunos Kopf vorbeischnellte.

„Hey, Baumtroll! Warum erschreckst du uns so? Wir wollen ein kleines Schläfchen in deiner Krone halten. Das wirst du uns doch sicher erlauben, oder?", sprach Kuno bittend.

„Bei der Hitze sind mir meine eigenen Äste schon zu schwer. Und herumkrabbelnde Kobolde, die wahrscheinlich auch noch stundenlang dummes Zeug quatschen, bevor sie einschlafen, das ist für einen alten Baumtroll wie mich in jedem Fall zu viel!"

„Wir quatschen nicht, ehrlich! Uns ist auch heiß", beschwichtigte Nestor.

„Ich würde noch nicht einmal auf meiner Flökblocke spielen …", versprach Kuno und hielt das Instrument in die Höhe, das er vor langer Zeit von Jan als Geschenk erhalten hatte.

„Das fehlte noch! Keine Widerrede! Ihr bleibt unten!"

„Und dir ist egal, wenn wir dann von den Werwölfen zerfleischt werden?" Kuno war sauer.

„Den Werwolf möchte ich sehen, der bei dieser Hitze Appetit auf verschwitzte Kobolde hat." Der Baumtroll lachte ein tiefes Lachen.

In diesem Moment hörten sie ein Rascheln im Gestrüpp. Die Kobolde lauschten ängstlich.

Dann kreischte eine Zitterelfe: „Achtung, Kobolde! Schnell, rettet euch, es nahen Werwölfe!"

Kuno sprach eindringlich: „Baumtroll, du wirst doch nicht bei deiner Haltung bleiben, oder? Die Zauberwelt würde in Zukunft immer von dem herzlosen Baumtroll erzählen, der vier liebenswürdige und hilflose Kobolde den gierigen Werwölfen überlassen hat."

„Ich sehe keine liebenswürdigen Kobolde", brummte der Baumtroll.

„Aber hilflose …", mischte sich Nestor ein.

„Habt ihr keine Schutzengel?"

„Baumtroll, können wir nicht auf deinem Ast weiter diskutieren? Wir sind in Eile!", drängte Kuno.

Das Rascheln im Unterholz war lauter geworden. Die Kobolde rückten zusammen und schauten ängstlich in die Richtung, aus der die Geräusche kamen.

Im nächsten Moment standen die bösen Kreaturen vor ihnen, ein ganzes Rudel. Nur wenige Koboldschritte von Kuno und seinen Gefährten entfernt, blieben sie stehen und starrten die kleinen Zauberwesen aus blutleeren Augen an.

„Wwwwwarum greifen sie nicht an?", flüsterte Elmar.

„Zu schwach", brummte der Baumtroll.

Einer der Werwölfe machte einen Schritt auf die Kobolde zu. Seine Beine zitterten dabei. Die Zunge hing ihm aus dem Maul wie ein vertrocknetes Blatt.

„Hey, ihr blutgierigen Monster. Keine Lust auf leckeren Kobold?", neckte Kuno, der begriff, dass die Tiere wirklich zu wenig Kraft hatten, um ihnen gefährlich zu werden. Er tanzte ein bisschen vor ihrem Anführer herum und schrie: „Probier doch mal, wenn du mich kriegst ..."

„Du bist ein angeberischer kleiner Trottel", dröhnte der Baumtroll.

Der Werwolf knurrte drohend. Kuno hielt inne. „Schon gut, nicht böse werden, war nur Spaß!"

Die Werwölfe wankten näher. „Baumtroll, wir haben ein Problem!", schrie Meinulf. Ängstlich drückten sich die Kobolde an den mächtigen Stamm.

In diesem Moment verdunkelte sich der Himmel über ihnen. Die Kobolde und die Werwölfe schauten gleichzeitig nach oben. Mit breiten Schwingen schwebten Fürst Feridun Flint von Funkenflug und sein Vater Mangold Majestatus heran. Die Werwölfe duckten sich

und flüchteten mit wackeligen Beinen ins Unterholz.

„Hey, Feridun! Majestatus! Ihr kommt im richtigen Moment!", rief Kuno erfreut.

Die Drachen landeten vor den Kobolden auf dem Waldboden.

„Ihr kleinen Kobolde bringt euch in jede mögliche Gefahr", bemerkte Feridun. „Vielleicht braucht ihr doch ein paar Schutzengel."

„Ach was! Konnten wir ahnen, dass der Baumtroll so herzlos ist? Er wollte zuschauen, wie wir Futter für die Werwölfe werden."

„Das kann ich mir kaum vorstellen", erwiderte Majestatus. „Das wäre sehr ungewöhnlich für einen Baumtroll."

„Frag ihn doch", riet Meinulf.

Der Baumtroll lachte tief und herzhaft. „Kobold, die Natur hat es gut mit mir gemeint und mich größer wachsen lassen als dich kleinen Kerl. Deshalb habe ich schon vor einiger Zeit sehen können, dass die beiden Drachen im Anflug waren."

„Und warum hast du das nicht gesagt?", schimpfte Kuno.

„Ich kam ja nicht dazu. Du hast pausenlos gequatscht und mit den Werwölfen gescherzt." Der Baumtroll schüttelte sich vor Lachen, sodass die vertrockneten Blätter in seiner Krone raschelten.

„Genug davon!", meldete sich Majestatus zu Wort. „Es ist gut, dass wir euch treffen, Kobolde. Wir sind unterwegs in die Zauberwüste. Garamanta, die Wüstenkönigin, will uns dringend sprechen."

„Ich komme mir vor, als sei ich hier schon in der Zauberwüste, so heiß ist es", stöhnte Nestor.

„Ja, es wird immer heißer in der Zauberwelt", bestätigte Majestatus. „Und in der Zauberwüste wird es immer kälter. Es muss da einen Zusammenhang geben."

Die Kobolde schauten sich an.

Dann fragte Kuno: „Wieso soll es in der Zauberwelt heißer werden, nur weil es in der Zauberwüste kälter wird? Verstehe ich nicht."

„Die Frage ist ja zuerst einmal, warum es überhaupt in der Zauberwüste kälter wird", gab Majestatus zu bedenken.

„Vielleicht, weil die Sonne nicht scheint?", überlegte Nestor.

„Oder die Sonnenstrahlen die Wüste nicht erreichen und wärmen können?", mischte sich Meinulf ein.

„Wolken?", fragte Elmar dazwischen.

„Oder Nebel?", überlegte Kuno. Dann kam ihm ein schrecklicher Gedanke: „Oder schwarzer Nebel?"

Fürst Feridun nickte. „Die Dunkelelfen treiben wohl in der Zauberwüste ihr hinterhältiges Spiel."

Majestatus machte ein trauriges Gesicht, als er sagte: „Wir haben die Dunkelelfen in die Zauberwüste vertrieben, damit sie hier kein Unheil mehr anrichten können. Aber natürlich verfolgen sie ihre bösen Ziele nun in der Zauberwüste. Das ist unsere Schuld. Wir müssen helfen. Wenn die Zauberwüste auskühlt und es in der restlichen Zauberwelt immer heißer wird, könnte das mit dem schwarzen Nebel zusammenhängen. Wir wollen Genaueres wissen, deshalb sind wir auf dem Weg zur Wüstenkönigin Garamanta."

„Aber wenn die Dunkelelfen ihren Plan immer noch nicht aufgegeben haben, die Herrschaft über das ganze Zauberreich zu erhalten, sind wir alle in Gefahr – und auch die Menschenkinder", warnte Kuno.

Majestatus und Feridun nickten gleichzeitig.

„Wir müssen eine andere, bessere Lösung finden", erklärte Majestatus. „Die gesamte Zauberwelt muss ein für alle Mal von den Dunkelelfen befreit werden. Ich weiß noch nicht wie, aber ..."

„Dann müssen wir die Kinder informieren", drängte Kuno.

„Daran haben wir auch schon gedacht", merkte Feridun an. „Wir benötigen jede Hilfe."

Kuno fasste im selben Moment einen Entschluss. „Wir reisen zu den Kindern und nehmen sie mit in die Zauberwüste." Er wandte sich seinen Koboldgefährten zu. „Liebe Freunde, ihr müsst alleine dem Gesang der Zitterelfen folgen. Ich reise mit den Drachen zu den Menschenkindern."

Die Kobolde schauten Kuno entgeistert an. Sie wollten widersprechen, aber Kuno fuhr fort: „Die Menschenkinder, die Drachen und ich müssen die Dunkelelfen für immer und alle Zeit bezwingen. Das Böse muss in seine Schranken gewiesen werden und dazu braucht es einen mutigen und entschlossenen Krieger wie mich, der mit seinem Spiel auf der Blökflocke ..."

„Nun übertreib mal nicht, Kobold", unterbrach ihn Majestatus. „Aber du hast recht. Und wir sollten keine Zeit verlieren. Fliegen wir in die Menschenwelt zu den Kindern. Und weil du weißt, wo wir sie finden, kommst du mit."

Nachdem sich Kuno von seinen Koboldfreunden verabschiedet hatte, setzte er sich auf Feriduns Rücken. Dann flogen die Drachen mit ihm Richtung Menschenwelt. Kunos Koboldfreunde winkten ihnen zu, bis sie aus ihrem Blickfeld am Himmel entschwunden waren.

2. Kapitel

Klospülungen funktionieren nicht mit Strom

Stellt euch vor, es gäbe keinen Strom", sagte Herr Thiele. Er stand vor der Klasse und zog die Augenbrauen hoch,. das Zeichen für die Kinder, sich zu äußern.

Marvin, inzwischen Jans bester Freund, meldete sich und sein Lehrer nickte ihm zu. „Dann würde kein Computer mehr funktionieren", meinte er.

„Das würde ein langweiliges Leben für dich", rief Rebecca in die Klasse. Jan schaute sie an. Er mochte ihre frechen Bemerkungen. Seitdem sie gemeinsam die vielen Abenteuer in der Zauberwelt erlebt hatten, saßen sie in der neuen Schule in jedem Unterricht nebeneinander.

Marvin hingegen saß derzeit alleine, weil er – wie Herr Thiele fand – zu viel mit seinen Nachbarn redete.

Nach den Sommerferien waren sie auf die neue Schule gewechselt. Ihr Klassenlehrer, Herr Thiele, unterrichtete sie in Mathe, Erdkunde und auch in Physik. Ihr erstes Thema in diesem Fach hieß „Energie und Umwelt".

Eigentlich ein spannendes Thema, dachte Jan.

„Richtig, Marvin", erwiderte Herr Thiele gerade. „Aber das ist ja wohl kaum das Einzige bei dir zu Hause, das mit Strom funktioniert."

„Der Lockenstab von seiner großen Schwester", rief Ben.

Alle lachten.

Herr Thiele hatte die Wörter „Computer" und „Locken-stab" an die Tafel geschrieben. Den Kindern war klar, sie sollten weitere Begriffe nennen.

Nach einer Weile war die Tafel vollgeschrieben: Kühl-schrank, Fernseher, Lampen, Herd, Stereoanlage, Mikro-welle, elektrische Eisenbahn, Mixer, Kaffeemaschine, Waffeleisen, Handyladegerät, Türklingel und noch viele andere Dinge.

Jan begann sich zu langweilen. Er dachte an den Flug mit Rebecca und Marvin auf den beiden Drachen, die sie aus der Zauberwelt zurück in die Menschenwelt gebracht hatten.

„Jan, hast du auch eine Idee?"

Er zuckte zusammen. Auch Herr Thiele spürte schnell, wenn eins der Kinder nicht bei der Sache war, und nahm es dann absichtlich dran. Jan kannte das noch gut aus dem Matheunterricht von Frau Mittermann.

„Kann ich mal auf die Toilette?", fragte Jan.

Herr Thiele atmete laut aus und nickte dann, während er die Lippen zusammenkniff.

Jan stand auf und hörte, wie Rebecca ihm zuflüsterte: „Sei froh, dass Klospülungen nicht mit Strom funktio-nieren." Er stieß ihr leicht mit der Faust gegen die Schulter, als er aufstand. Sie kicherte.

Jan ging langsam die Treppe hinunter. Die Toiletten befan-den sich am anderen Ende des Schulhofes im Anbau. Er hatte keine Eile. Er musste ja gar nicht auf die Toilette. Draußen brannte die Sonne heiß auf den Asphalt des Hofes. Seit Wochen lag die Temperatur fast immer über 30 Grad, obwohl es bald Herbst wurde. Alle jammerten darüber, besonders die Erwachsenen. Aber immerhin gaben die Lehrer nicht so viele Hausaufgaben auf.

Er schlenderte quer über den Schulhof an den bepflanzten Beeten vorbei, die die Garten-AG eingerichtet hatte. Die Erde war zu trocken und viele Blüten hingen müde an den durchhängenden Halmen. In der Mitte des kleinen Schulgartens hatte der Hausmeister einen Teich angelegt. Sollte er eben die Gießkanne füllen und den Blumen Wasser geben? Wenn Herr Thiele nachher meckerte, wieso das denn mit dem Toilettengang so lange gedauert hatte, konnte er sagen, er habe die Pflanzen gerettet.
Jan füllte die Gießkanne und nahm sich viel Zeit, die Beete zu tränken. Mehrmals füllte er Wasser aus dem Teich nach. Dann stellte er die Gießkanne wieder ab. Er wollte Herrn Thieles Geduld nicht bis zum Äußersten reizen. Jan hatte noch nicht herausgefunden, wie ungemütlich sein neuer Lehrer werden konnte.

Jan betrat den Klassenraum und Herr Thiele wandte sich ihm sofort zu. Mit vorwurfsvollem Blick begann er: „Das hat aber lange ..."
„Entschuldigung, aber ich musste noch den Pflanzen in unseren Beeten Wasser geben. Die sahen so vertrocknet

aus", entschuldigte sich Jan und machte ein sehr braves Gesicht.

Man sah Herrn Thiele an, dass er gerne noch ein bisschen gemeckert hätte. Aber andererseits hatte Jan einen vernünftigen Grund genannt, so spät von der Toilette zu kommen.

„Das war eine gute Idee, Jan", sagte er. „Es ist ja wirklich furchtbar heiß und die Blumen benötigen ständig Wasser." Er wandte sich an die Klasse, während sich Jan zu seinem Platz begab. „Wasser und Licht sind die Energien, die die Blumen zum Leben benötigen. Und so sind wir wieder beim Thema. Strom ist die Energie, die wir für vieles benötigen. Woher kommt denn der Strom überhaupt?"

„Aus der Steckdose", rief Hanno.

„Und die Milch kommt aus der Tüte ... Hanno, ich hoffe, ich bekomme noch eine schlauere Antwort!"

„Äh, aus Stromwerken?"

„Schon besser. Es heißt Kraftwerke", verbesserte Herr Thiele. „Dort werden Turbinen angetrieben. Wie die Dynamos am Fahrrad, nur größer. Was braucht man denn, um sie anzutreiben?"

„Kraft in den Beinen", antwortete Ben, der neben Hanno saß.

„Die Turbinen in den Kraftwerken, du Schlaumeier", stöhnte Herr Thiele.

„Ich hab mal von Kernkraftwerken gehört", warf Rebecca ein.

„Gut! Die meisten Kraftwerke werden mit Kohle oder mit Atomkraft betrieben. Beides ist leider umweltschädlich. Atomkraftwerke wird es aber bald sowieso in unserem Land nicht mehr geben. Denkt noch mal an die Dynamos ..." Ihr Lehrer schaute alle aufmunternd an.

„Wir könnten doch in der Klasse alle auf Fahrrädern sitzen und trampeln, damit wir Licht haben", schlug Marvin vor.

„Gute Idee!" Herr Thiele lächelte tatsächlich. „Dann hättest du auch genug Bewegung und müsstest nicht so auf deinem Stuhl zappeln. Aber wer könnte denn noch solche Turbinen – also Dynamos – in Bewegung setzen?"

„Ich hab mal gelesen, dass das auch an Flüssen geht. Dafür baut man Staudämme ...", warf Jan ein.

„Ja, und es gibt doch die großen Windräder auf den Feldern ...", ergänzte Rebecca.

„Toll, ihr wisst ja schon ganz viel", lobte ihr Lehrer. „Und besonders der Wind kostet nichts und schadet nicht der Umwelt. So ist es auch mit der Sonnenenergie ..."

In diesem Augenblick klingelte es. Einige Kinder standen schon auf.

„Moment!", rief Herr Thiele. „In den nächsten Stunden wollen wir uns ein bisschen genauer mit Strom und Energie befassen. Ihr werdet die einzelnen Möglichkeiten der Stromgewinnung in Gruppen erarbeiten und der Klasse vorstellen. Ihr bekommt dazu Material und ihr könnt euch auch selbst Themen überlegen. Aber das klären wir am Montag. Jetzt wünsche ich euch ein schönes Wochenende!"

Jan, Marvin und Rebecca gingen über den Schulhof.

„Juhuu, Wochenende!", jauchzte Rebecca.

„Was machen wir?", fragte Marvin.

Jan zuckte mit den Schultern.

„Freibad, was sonst?", sagte Rebecca. „Und ich bleibe den ganzen Nachmittag im Wasser."

„Perfekt!", meinte Marvin. „Laufen wir nach Hause und holen die Badesachen."

Sie trennten sich und rannten in verschiedene Richtungen.

Rebecca drehte sich noch einmal um und rief: „In einer Stunde vor dem Eingang vom Schwimmbad!"

3. Kapitel

Überraschender Besuch im Garten

Es war schon Abend, als Jan, Marvin und Rebecca das Freibad verließen. Marvin hatte eine rote Nase von der Sonne und Rebecca meinte, er sähe aus wie ein Clown, der sich nicht richtig abgeschminkt hat.

Jan schlug vor, zu ihm nach Hause zu gehen und dort ein bisschen Karten zu spielen und Musik zu hören.

Beim Betreten seines Zimmers raffte Jan schnell noch ein paar herumliegende Kleidungsstücke vom Boden. Während er sie in den Schrank stopfte, dachte er, man sollte besser auf unangemeldeten Besuch vorbereitet sein. Dann öffnete er das Fenster, das zum großen, mit Hecken umsäumten Garten hinter dem Haus ging.

Marvin und Rebecca setzten sich auf das Bett.

„Hast du mal eine Creme?", fragte Marvin und befühlte seine Nase. Die Berührung ließ ihn zusammenzucken.

„Morgen kannst du deine Nase auch mit einem Schälmesser bearbeiten, wie eine Kartoffel", ärgerte ihn Rebecca.

Jan holte eine Tube Sonnenmilch aus dem Badezimmer.

„Die hättest du vorher draufschmieren sollen", bemerkte er, während er sie Marvin reichte.

Rebecca stöhnte: „Könnt ihr euch daran erinnern, je einen so heißen Sommer erlebt zu haben?"

Jan schüttelte den Kopf. „So muss es sich in der Wüste anfühlen."

„Spielen wir Karten?", fragte Rebecca.

In diesem Moment schreckten sie auf, weil sich etwas Großes vor die Fensteröffnung schob und kein Licht mehr hereinließ. Alle schauten auf und riefen wie aus einem Mund: „Feridun!"

Der Drache blickte in das Zimmer. Sein Kopf war so groß, dass er den ganzen Rahmen ausfüllte.

Aber dennoch hatten die Kinder ihn sofort erkannt. Sie eilten zum Fenster. Dabei rief Jan lachend: „Nicht so heftig ausatmen, Feridun, wir wollen nicht gegrillt werden! Es ist so schon heiß genug."

Der Drachenfürst wich zurück. Nun konnten die Kinder sehen, dass er nicht allein gekommen war, sondern seinen Vater Mangold Majestatus mitgebracht hatte.

Im nächsten Moment hörten sie eine Stimme, die ihr Herz noch mehr hüpfen ließ: „Hab ich euch nicht gesagt, dass ich mich in der Menschenwelt auskenne? Auf Kuno, den Kobold, kann man sich verlassen!"

Jan schüttelte ungläubig den Kopf. Mitten im Garten standen zwei gigantische Drachen, der eine grünlich schimmernd, der andere mehr rötlich. Und auf Fürst Feridun saß der kleine Koboldfreund mit stolzgeschwellter Brust und winkte ihnen zu.

Kurzerhand kletterten die Kinder durch das Fenster und begrüßten die Freunde aus der Zauberwelt herzlich.

Jan schaute Majestatus an. „Ihr seid doch nicht ohne Grund in die Menschenwelt gereist."

Der große Drache nickte bedächtig mit seinem mächtigen Kopf. „Das hast du richtig erkannt. Wir brauchen eure Hilfe. Die Wüstenkönigin Garamanta hat nach uns rufen lassen. Die Dunkelelfen verbreiten Angst und Schrecken in der Zauberwüste. Dort wird es immer kälter, und gleichzeitig wird es in unserer Zauberwelt immer heißer. Alles geht durcheinander. Wahrscheinlich hängt das Problem mit den Dunkelelfen zusammen."

Die Kinder schauten sich an. Das letzte Abenteuer war noch nicht lange her und nun sollten sie wieder in die Zauberwelt reisen? Welche Gefahren warteten diesmal auf sie? Aber es war klar, dass sie ihren Freunden helfen würden.

Rebecca hatte offensichtlich schon weitere Überlegungen angestellt: „Und was sagen wir diesmal unseren Eltern, warum wir fort müssen?"

Jan schaute Rebecca nachdenklich an, dann sagte er: „Wisst ihr, ich will mir einfach nichts mehr ausdenken und meine Mutter austricksen, so wie zuletzt meinen Vater.

Unsere Reise ist wichtig. Wieso müssen wir lügen, wenn wir etwas Gutes tun wollen?"

„Wie sollen wir denn erklären, dass wir länger fort sind?", fragte Marvin. „Wir wissen jetzt doch noch nicht, wie lange es dauert, bis wir das Dunkelelfen-Problem gelöst haben."

„Wir machen es wie bei meinem Vater", überlegte Jan laut. „Wir sagen die Wahrheit."

„Das war eigentlich nicht die Wahrheit damals", gab Rebecca zu bedenken.

„Stimmt! Aber diesmal sagen wir alles genau so, wie es ist."

„Das glaubt uns niemand!" Marvin lachte auf. „Sie werden uns verbieten fernzusehen, damit wir uns nicht solche Sachen ausdenken. Und meine Mutter, das weiß ich genau, wird wieder alles auf die Computerspiele schieben und den Rechner auf den Speicher stellen."

„Nein, so meine ich das nicht", widersprach Jan. Er schaute auf die beiden Drachen in dem Garten und fuhr fort: „Wir werden die Wahrheit sagen und ihnen unsere Gäste vorstellen." Er lächelte seine Freunde an, die ihn mit großen Augen anstarrten. „Und wir fangen bei meiner Mutter an. Ich höre gerade die Haustüre."

Er kletterte schnell durch das Fenster in sein Zimmer, drehte sich noch einmal um und rief: „Bis gleich!"

Marvin murmelte vor sich hin: „Oh oh ..."

4. Kapitel

Jan kneift seine Mutter

Jan betrat das Wohnzimmer. Seine Mutter hatte ihren Mantel auf das Sofa geworfen und ihre Schuhe ausgezogen.

„Hallo, Schatz", sagte sie, während sie den Fernseher einschaltete. „Bist du schon lange hier?"

„Mama, ich habe Besuch in meinem Zimmer. Kannst du mal eben ..."

„Mein Lieber, ich kann im Moment gar nichts." Sie warf sich mit der Fernbedienung in der Hand auf das Sofa. „Ich bin dermaßen kaputt. Bei dieser Hitze den ganzen Tag im Laden stehen, das ist echt kein Spaß mehr."

Jan stand mitten im Raum und suchte nach Worten. „Mama, es ist wichtig. Wir müssen etwas ..."

Seine Mutter sah auf den Fernseher. „Lass mich eben die Nachrichten schauen ..."

Nachrichten. Die fand Jan immer langweilig, weil die Sprecher dauernd Worte benutzten, die er nicht verstand, so wie jetzt gerade: „... deshalb meinen Wissenschaftler, dass die anhaltende Hitzewelle auf die Erderwärmung zurückzuführen ist. Namhafte Wissenschaftler sehen die Ursache besonders in der Umweltbelastung, die durch Abgase aus Autos, Flugzeugen ..."

Bei den Worten des Nachrichtensprechers hatte sich Jan dem Fernseher zugewandt. Nun sah er nacheinander

Bilder vom Autoverkehr, dann ein startendes Flugzeug und zuletzt eine riesige schwarze Wolke, die über einem Kraftwerkskessel aufstieg. Jan stand der Mund auf, denn das Bild erinnerte ihn an den schwarzen Nebel auf dem Schulhof, als die Dunkelelfen Rebecca entführt hatten.

„... kann auch zu klimatischen Veränderungen in den Wüstenregionen der Welt führen, die das Wetter hier stark beeinflussen ...“

„Wir machen unsere Welt mit eigenen Händen kaputt“, seufzte Jans Mutter mit Blick auf den Bildschirm.

Jan fragte sich mit Sorge, wie sehr denn wohl Menschenwelt und Zauberwelt zusammenhingen. War das ein Zufall, dass die Nachrichten dunkle Wolken am Himmel zeigten, die mit dem Wetter in den Wüsten zusammenhingen? Sein Herz schlug schneller.

Nun erschien ein Mann auf dem Bildschirm, der gefragt wurde, was denn die Lösung für das Problem sein könnte. Er antwortete: „Jeder einzelne Mensch muss sich fragen, was er tun kann, um die Natur zu schützen. Wir dürfen nicht immer nur die anderen verantwortlich machen und nach den Politikern rufen. Jeder Einzelne kann seinen kleinen Beitrag leisten, dass ...“

Bei den letzten Worten des Mannes fielen Jan die Zitterelfen ein, die kranke Blumen in ihrem Haar trugen, damit sie dort genesen konnten. Das war ein kleiner, aber hilfreicher Beitrag, so wie es der Mann sicher meinte. Obwohl der kaum Zitterelfen kannte.

Auf dem Bildschirm war nun eine Frau zu sehen. In dem eingeblendeten Balken stand, dass sie Wissenschaftlerin war. „Wir stellen fest, dass in den wärmeren Gegenden die Temperaturen ungewöhnlich niedrig sind und in den kühlen Regionen der Welt große Hitze herrscht. Man kann sagen, es ist alles durcheinandergeraten ..."

„Irgendwann kann man in der Sahara Schlitten fahren", sagte Jans Mutter in bitterem Tonfall.

„Mama, in der Zauberwelt ist es auch heiß und das liegt an den Dunkelelfen, die nun in der Zauberwüste Unheil anrichten."

Seine Mutter schaute ihn an und sagte: „Das Schöne am Kindsein ist, dass man sich die Katastrophen der Welt so märchenhaft erklären kann. Irgendwann kommt dann der Prinz und heiratet die Prinzessin, nachdem er den bösen Drachen besiegt hat." Sie lachte auf.

„Der Drache ist gar nicht böse. Und es sind zwei. Sie stehen in unserem Garten. Kuno, der Kobold, ist auch dabei."

„Jan!" Die Stimme seiner Mutter wurde schärfer. „Meine Gespräche mit Frau Mittermann in der Grundschule waren kein Spaß. Ich hoffe, Herr Thiele wird mir nicht auch wieder berichten, dass du im Unterricht am liebsten träumst, statt aufzupassen."

„Mama!" Jan ging auf seine Mutter zu und kniete sich auf den Teppich vor das Sofa. Er versperrte ihr damit die Sicht auf den Fernseher. „Du musst mir glauben! Bitte, komm mit in mein Zimmer. Ich weiß, dass das alles unglaublich klingt, aber ich will dir beweisen, dass ich mir das nicht ausgedacht habe. Bitte! Auch wenn du müde bist."

Jan spürte an dem Blick seiner Mutter, dass sie hin- und hergerissen war zwischen dem Wunsch, ihm zu glauben, und der Angst, ihr Sohn könnte übergeschnappt sein.

„Bitte, Mama!"

Jan nahm ihre Hände und zog sie vom Sofa. Er ließ sie nicht los, während er vor ihr her zu seinem Zimmer ging. Etwas widerwillig folgte sie ihm. Dann öffnete Jan die Türe seines Zimmers und trat mit ihr ein.

Seine Mutter schaute sich um und fragte: „ Es sind ganz kleine Drachen, was? Haben sie sich unter dem Bett versteckt?"

„Nein", antwortete Jan ernst. „Sie sind so groß, dass sie nicht in mein Zimmer passen, und deshalb stehen sie vor dem Fenster im Garten."

Seine Mutter ließ einen langen Seufzer los, schaute hinaus, kniff die Augen zusammen – und dann brach ein Schrei aus ihr heraus. Im nächsten Moment presste sie die Hand auf ihren Mund. Ihre Augen standen weit offen. Feridun und Majestatus hatten ihre Köpfe gedreht und schauten beide herüber. Jan war klar, dass der Anblick für seine Mutter wirklich bedrohlich sein musste. Sanft zog er sie zum Fenster, während er beruhigend auf sie einredete: „Mama, du musst keine Angst haben, es sind wirklich sehr nette Drachen, es sind unsere Freunde ..."

„Hallo, Frau Peters", sagte Rebecca, während sie hinter Feriduns Vorderfuß hervortrat.

„Ein Mensch, wie beruhigend", sagte Jans Mutter matt. „Hallo, Rebecca!"

„Hier ist noch ein Mensch", sagte Marvin und trat auch vor. Er grinste.

Jans Mutter nickte nur. Jan sah, wie sie zitterte.

„Fehlt eigentlich nur noch Kuno", meinte Rebecca. Sie bückte sich nach etwas vor ihr auf dem Boden. Jans Mutter folgte ihrem Blick und entdeckte das kleine Zauberwesen.

„Der sieht aus wie die Puppe auf deinem Bett."

„Stimmt", sagte Jan. „Aber das hier ist ein echter Kobold."

Jans Mutter stöhnte: „Ich bin vor dem Fernseher eingeschlafen."

Plötzlich schrie sie auf und fasste sich an den Arm. „Jan, bist du übergeschnappt?"

„Entschuldige Mama, dass ich dich gekniffen habe. Aber du musst wissen, dass du jetzt nicht träumst." Dann bedeutete er ihr sanft, durch das geöffnete Fenster in den Garten zu steigen.

„Du weißt, ich will nicht, dass du immer aus dem Fenster kletterst, Jan."

„Hallo, Mama von Jan", sagte Kuno. „Ich stamme aus der Zauberwelt, genauso wie die beiden Drachen Majestatus und Feridun." Dann schaute er Jan an. „Es wird Zeit. Der Weg in die Zauberwüste ist weit."

Jans Mutter hielt sich am Fensterrahmen fest. „Ich glaub das nicht", murmelte sie immer wieder vor sich hin.

„Mama, komm nach draußen. Die Drachen tun dir nichts." Jan zog ungeduldig an ihrem Arm. Ohne den Blick von den beiden gigantischen Zauberwesen im Garten zu nehmen, kletterte sie unbeholfen durch das geöffnete Fenster. Steif stand sie vor den Drachen und schaute sie mit großen Augen an.

Nun führte Jan die Hand seiner Mutter behutsam an Feriduns Haut und strich vorsichtig darüber. Seine Mutter war vielleicht kurz davor, ohnmächtig zu werden. Plötzlich zog sie die Hand wieder zurück. „Der ist echt", sagte sie mit heiserer Stimme.

„Natürlich bin ich echt", entgegnete Feridun lächelnd.

„Drachen in meinem Garten ...", stammelte sie.

„Mama, wir müssen los. Die Wesen der Zauberwüste brauchen unsere Hilfe."

„Was heißt: Ihr müsst los?" Seine Mutter schaute ihn panisch an.

„Wir müssen in die Zauberwelt reisen, bevor die Dunkelelfen noch Schlimmeres anrichten", erklärte Rebecca.

„Wieso müsst ihr euch darum kümmern?", fragte Jans Mutter hilflos.

„Mama, wir ...", Jan machte eine Pause, „... wir waren schon zweimal in der Zauberwelt. Rebecca ist sogar mal von den Dunkelelfen entführt worden ..."

„Ihr wart schon zweimal dort?"

Jan nickte. „Wir haben dir und Papa immer Geschichten erzählt, weil wir dachten, dass ihr uns sowieso nicht glaubt und es uns dann nie erlaubt hättet, in die Zauberwelt zu reisen. Aber ich habe immer ein schlechtes Gewissen gehabt. Und ich will doch, dass du mir glaubst. Und jetzt kann ich es dir sogar beweisen." Er wies bei seinen letzten Worten auf die Drachen.

„Aber auch wenn das hier echte Drachen aus einer Zauberwelt sind, heißt das doch noch lange nicht, dass ich dir erlaube, da hinzureisen!" Sie überlegte. „Diese dunklen Elfen scheinen ja gefährlich zu sein. Ich kann das sowieso irgendwie alles nicht glauben."

Jan berichtete ihr in wenigen Sätzen, was sie alles in der Zauberwelt erlebt hatten.

„Frau Peters, wenn wir uns nicht um die bösen Dunkelelfen kümmern, werden sie uns irgendwann auch hier in der Menschenwelt bedrohen", erklärte Marvin. „Und am besten wäre es, wenn Sie Rebeccas Mutter und meine Eltern anrufen würden und sie bitten, herzukommen. Und Sie können uns helfen, sie zu überzeugen, dass wir unseren Freunden in der Zauberwelt helfen müssen."

„Ich soll ..." Weiter kam Jans Mutter nicht, weil sie ihr alle zunickten, ihr Sohn, seine Freunde, der Kobold und sogar die Drachen.

5. Kapitel

Ein einsamer Springteufel

Rebeccas Mutter hatte losgeschrien, als sie die Drachen sah. Marvins Vater war blass geworden. „Das ist eine Luftspiegelung, eine Fata Morgana oder so etwas ..." Jans Mutter hatte entgegnet: „Fassen Sie die Drachen mal an. Die sind wirklich echt. Ich wollte es auch nicht glauben." Dann hatte sie gelacht und gemeint: „Wenn sich Herr Thiele beim nächsten Elternsprechtag über zu viel Fantasie unserer Kinder beschwert, können wir aber gelassen bleiben." Jans Mutter hatte sich wohl inzwischen damit abgefunden, dass sich Zauberwesen in ihrem Garten aufhielten. Und offensichtlich waren diese Wesen ja auch freundlich.

„Willst du mal auf einem der Drachen reiten?", hatte Rebecca ihre Mutter gefragt. Diese hatte nur stumm den Kopf geschüttelt.

Die Kinder schauten einander an. Sie dachten dasselbe: Für Eltern war es eben schwer zu glauben, dass es Zauberwelten, Drachen und Kobolde gab.

Am Ende hatten es die Kinder geschafft, ihre Eltern davon zu überzeugen, dass sie hier keinen gemeinsamen Traum träumten, sondern alles wirklich war.

Es dauerte dann noch bis spät in den Abend, bis die Kinder mit ihren Freunden aufbrechen konnten. Natürlich mussten sie zuerst auch noch den anderen Erwachsenen berichten, was sie alles in der Zauberwelt erlebt hatten. Die Kinder bemühten sich, es nicht zu dramatisch zu erzählen, denn sie sahen ohnehin schon in sehr ungläubige und ängstliche Gesichter ihrer Eltern.

Nun schwebten sie hoch am Himmel. Rebecca und Jan saßen auf Feriduns Rücken und Marvin hatte sich angeboten, mit Kuno auf Mangold zu reisen. Beim Abflug hatten die Kinder ihren Eltern zugewunken, bis sie nicht mehr zu sehen waren. Jan fiel ein, dass er vergessen hatte, die Blockflöte mitzunehmen, die er einst von Rebecca geschenkt bekommen hatte. Nun war es zu spät, noch einmal umzukehren. Aber der Kobold hatte ja seine mit. Die magische Wirkung konnte vielleicht hilfreich sein.

„Es war eine gute Entscheidung, unseren Eltern die Wahrheit zu sagen", meinte Rebecca. Sie saß hinter Jan und hatte ihre Arme um seinen Bauch geschlungen. „Es fühlt sich einfach besser an. Wir müssen kein schlechtes Gewissen haben und uns Ausreden einfallen lassen, wenn wir zurückkommen."

Jan nickte nur und dachte: *Wenn* wir zurückkommen ...

Im Morgengrauen erreichte die Gruppe die Grenze zur Zauberwelt. Sie landete, um eine kleine Rast einzulegen. Kuno meinte: „Puh, hier ist es ja inzwischen noch heißer geworden." Keiner hörte ihm zu, denn alle starrten entsetzt auf die Pflanzen. Das Blau der Blätter war einem traurigen Grau gewichen und die Äste hingen kraftlos herab.

Sie entdeckten ein paar Baumgeister, die müde in den Ästen saßen. Träge winkten sie den Ankömmlingen zu und stöhnten: „Es ist so heiß! Sollten wir versuchen, einen Eindringling mit unseren Hitzestrahlen abzuschrecken, dann könnte er denken, er bekäme eine Abkühlung."

Die Gruppe traf auch auf ein paar Wichte. Die kleinen Zauberwesen schleppten sich aus dem Gebüsch und riefen müde: „*Oh oh,* es ist so *schwitz schwitz* heiß hier. Wir machen nur *jammer jammer* den ganzen Tag ..."

„Wie ihr seht, ist das böse Werk der Dunkelelfen schon fortgeschritten. Wir müssen uns beeilen, die Wüste zu erreichen", sagte Majestatus, „sonst ist die Zauberwelt verloren."

„Ich verstehe das nicht", mischte sich Kuno ein. „Wieso wird es in der Zauberwelt heiß, wenn die Dunkelelfen in der Wüste Unheil anrichten?"

„Das weiß ich auch noch nicht, aber so scheint es zu sein", brummte Mangold.

Jan erinnerte sich an den Fernsehbeitrag vom Vorabend und an die Worte der Wissenschaftlerin. „Ich glaube, es hängt alles zusammen. Wenn sich etwas an einem Ort der Zauberwelt verändert, dann ändert sich auch etwas an den anderen Orten. So ist es nämlich in der Menschenwelt."

Die Gruppe verabschiedete sich von den Baumgeistern und den Wichten und setzte ihre Reise fort.

Kurze Zeit später überflogen die Drachen das Nymphen-Moor. Ein krächzender, zittriger Gesang drang zu ihnen herauf. Die Kinder zuckten zusammen. Sie wollten nicht noch einmal dem schönen Gesang verfallen und in die Tiefen des Moores gelockt werden. Aber alle spürten sofort, dass der Gesang nicht die gefährliche Wirkung hatte.

„Das sind keine Moor-Nymphen", erklärte Fürst Feridun.

„Nein?", fragte Jan. „Wer dann?"

„Das werden wir herausfinden", entschied Majestatus und setzte auch schon zur Landung an. Beim Anflug wurde erkennbar, dass der reißende Strom, auf dem der Fährmann einst die Kinder wieder zurück in die Menschenwelt gebracht hatte, fast ausgetrocknet war.

Bei den ersten Schritten im Moor bemerkten sie, wie hart der Boden war. „Alles ausgetrocknet", stellte Kuno fest, während er mal hierhin, mal dahin sprang. Nicht einmal die schweren Drachen sanken ein.

Nun war wieder der zittrige Gesang zu vernehmen. Und im nächsten Moment erschien ein blasses Leuchten unter den Bäumen. Die Zitterelfen flogen herbei und grüßten freundlich, aber mit matten Stimmen.

„Habt ihr eben gesungen?", fragte Kuno.

Die Zitterelfen nickten.

Eine sprach: „Wir sind in das Moor geflogen, um zu schauen, welche Pflanzen unsere Hilfe benötigen. Aber die Luft ist hier so trocken, dass wir beim Singen heiser geworden sind."

Kuno musste an seine Koboldfreunde Nestor, Meinulf und Elmar denken, die von Zitterelfen mit ihrem Gesang zur Traumfeen-Nacht geleitet wurden. Die ganze Zauberwelt ist durcheinandergeraten, dachte Kuno und wünschte sich sehr, dass bald alles wieder so werden würde, wie es einmal gewesen war.

„Und wo sind die Moor-Nymphen?", fragte Marvin ängstlich.

„Hocken irgendwo tief im Moor und haben keine Kraft, Wanderer anzulocken, weil es auch ihnen zu heiß ist", erklärte eine andere Elfe.

„Na, dann müssen wir wohl auch nicht den Springteufel fürchten", meinte Marvin.

Im nächsten Moment hörten sie eine Stimme vom Flussbett her: „Was wollt ihr hier? Verschwindet!" Der Springteufel hockte auf einem Stein. Unfreundlich blickte er zu den ungebetenen Besuchern hinüber.

Die Freunde schauten gelassen zurück. Sie wussten ja, wie man den kleinen Teufel besänftigte.

Marvin erinnerte sich daran, wie er ihn mit einer Liebeserklärung unschädlich gemacht hatte. Dabei hatte er damals eigentlich an Rebecca gedacht. Plötzlich kam sich Marvin schäbig vor. Er hatte den Springteufel schließlich angelogen.

Ohne weiter nachzudenken, begann Marvin zu sprechen: „Hallo Springteufel, im Moment ist es hier nicht sehr schön für dich, oder? Das Moor ist fast ausgetrocknet, die Nymphen singen nicht und wegen der Hitze kommt selten ein Wanderer vorbei. Sicher bist du im Moment furchtbar einsam."

Jan und Rebecca hatten ihrem Freund mit offenem Mund zugehört und schauten sich nun für einen Moment an. Der Springteufel hatte seinen Platz verlassen und kam langsam auf die Gruppe zu. Aus seinem Gesicht war jegliche Bösartigkeit verschwunden. Dennoch stellte sich Kuno hinter Majestatus. Man kann ja nie wissen, dachte er.

Marvin fuhr fort: „Vielleicht willst du ein bisschen mit uns erzählen, bis wir weiter müssen? Dann bist du eine kleine Weile nicht mehr so allein."

Jan staunte über seinen Freund, und fragte sich nun, ob der Springteufel bald in Ohnmacht fallen würde, wie damals.

Jetzt sprach Rebecca, und ihre Stimme klang sehr sanft: „Vielleicht willst du einfach mal in den Arm genommen werden? Na, komm schon her."

Und dann sahen sie zu ihrer aller Erstaunen, wie der Springteufel mit langsamen, zögerlichen Schritten auf Rebecca zuging, seine Arme ausbreitete und seinen Kopf an ihre Schulter lehnte.

So standen die beiden eine Weile schweigend, und auch keiner der anderen sagte ein Wort. Rebecca strich währenddessen dem Springteufel ganz sanft über den Kopf.

Kuno fragte sich: War das eines der Gesetze im Zauberreich? Wenn ja, dann verstand er es nicht wirklich, aber er spürte wie alle anderen, dass gerade etwas Besonderes geschah.

Majestatus durchbrach schließlich die Stille. Sanft begann er: „Springteufel, es tut mir leid, aber wir sind in großer Eile. Wir müssen in die Zauberwüste, denn die Dunkelelfen bringen großes Unheil über die Zauberwelt."

Zögernd löste sich der Springteufel von Rebecca und schaute den großen Drachen an, dann blickte er wieder zu Rebecca und sagte: „Lasst mich mitkommen. Vielleicht kann ich euch helfen."

„Bist du übergeschnappt, Springteufel, wir ..." Weiter kam Kuno nicht, denn Jan, der neben ihm stand, hatte ihm einen sanften Klaps gegeben und der kleine Kobold verstand sofort.

„Majestatus, ich bin sicher, wir können ein bisschen Hilfe und Unterstützung gebrauchen", meinte Rebecca. „Ich finde, wir sollten ihn mitnehmen."

Nicht nur Jan und Marvin fragten sich in diesem Moment, worin die Hilfe bestehen sollte. Soweit sie wussten, war die einzige Fähigkeit des Springteufels, Umherirrende im Moor zu versenken.

Majestatus nickte langsam und sagte: „Einverstanden, er kommt mit. Wie ich schon sagte, wir können jede Hilfe gebrauchen."

Alle stiegen wieder auf die Drachenrücken. Der Springteufel setzte sich zu Marvin und Kuno auf den Rücken von Majestatus. Ihr Ziel war die Zauberwüste.

Was würde sie dort erwarten?, fragte sich Jan. Konnten sie die Dunkelelfen nun endlich besiegen? Würde bald Frieden in der Zauberwelt herrschen? Sein Herz schlug heftig vor Aufregung und er meinte zu spüren, dass es Rebecca, die jetzt vor ihm saß, genauso ging.

6. Kapitel

Die Wüstenkönigin Garamanta

Als die Freunde die Grenze zur Zauberwüste passierten, sahen sie sich im selben Moment von vielen leuchtendblauen Punkten in der Luft umringt. Es schien, als sei der Himmel plötzlich voll von funkelnden Sternen. Nicht größer als Bienen, dachte Jan. Die kleinen Zauberwüstenbewohner erklärten, sie seien Laternenfliegen und dass sie gekommen waren, um die Ankömmlinge zur Wüstenkönigin Garamanta zu geleiten. Mit ihren leuchtenden Körpern wiesen sie ihren Gästen den Weg.

Die Abenddämmerung hatte eingesetzt. Im Licht der Laternenfliegen erkannte die Gruppe, dass an vielen Stellen im roten Wüstensand Pflanzen wuchsen.

„So hatte ich mir eine Wüste nicht vorgestellt", sagte Marvin.

Die Laternenfliegen klärten die Gäste auf: „Durch die schwarze Wolke der Dunkelelfen hat die Sonne an Kraft verloren und es regnet häufiger, sodass nun Pflanzen wachsen und gedeihen können, die es hier vorher nicht gegeben hat."

Bald erreichte die Gruppe eine Oase aus großen, grünlichen Stämmen, die wie riesige Keulen aus dem

Boden ragten. Sie waren vollkommen mit Stacheln besetzt. Eine Laternenfliege ermahnte die Gäste: „Kommt den Pflanzen nicht zu nahe. Sie können ihre Stacheln wie Pfeile abschießen, wenn sie sich bedroht fühlen."

„Sind das Kakteen?", fragte Marvin.

Die Laternenfliege antwortete: „Wir nennen sie *die Wächsernen*. Sie sind treu ergebene Untertanen der Wüstenkönigin und schützen ihr Schloss. Leider können sich sich genauso wenig fortbewegen wie eure Baumtrolle. Sie sollen übrigens mit ihnen verwandt sein."

Inzwischen waren die Drachen gelandet und die Kinder, der Kobold und der Springteufel stiegen von ihren Rücken ab. Sie marschierten über eine Allee, die links und rechts von Wächsernen eingegrenzt war, auf den Eingang des Wüstenschlosses zu. Das Schloss selbst sah aus wie eine riesige Sandburg. Seine Mauern leuchteten matt violett in der Abendsonne. Die Gruppe durchschritt das Tor und betrat einen großen Platz, der von hohen Sandmauern begrenzt war. Auf dem Platz standen und lagen dunkelbraun behaarte Wesen. Jan dachte zuerst, es seien Kamele, aber diese Wesen hatten noch längere Beine und ihre Füße waren so groß wie Autoreifen.

Eine Laternenfliege bemerkte die Blicke der Besucher und erklärte: „Das sind die Nuareg. Sie leben in der Wüste und reisen ständig umher. Derzeit suchen sie nachts innerhalb der Schlossmauern Schutz vor den Dunkelelfen."

Die ungewöhnlichen Zauberwesen schauten auf, als sie hörten, dass über sie gesprochen wurde. Dabei bemerkten die Kinder die langen Wimpern über ihren Augen. Sie sahen wunderschön aus, dachte Rebecca.

Die Laternenfliege schien die Gedanken Rebeccas erraten zu haben, denn sie sagte: „Die langen Wimpern schützen die Augen der Nuareg vor Sand, damit sie auch während eines Sturmes in der Wüste sehen können."

Und eine andere ergänzte: „Sie können auch sehr schnell und sehr lange laufen."

„Aber wir müssen weiter", sagte nun die erste Laternenfliege. „Die Wüstenkönigin erwartet euch schon."

Sie betraten das größte Gebäude der Burg. Es bestand nur aus einem großen Raum, der die Kinder vom Umfang an Feriduns Drachensaal erinnerte. Aber hier war alles heller und freundlicher eingerichtet. Bunte Kissen lagen auf dem Boden verstreut. In der Mitte des Saales thronte auf einem seidigen großen Kissen Garamanta, die Wüstenkönigin. Sie war fast vollständig verhüllt von leuchtenden und in allen Farben schimmernden Tüchern, die sie auch um ihren Kopf gewickelt hatte. Lediglich ihre Augen waren nicht bedeckt und zwei schwarze Pupillen betrachteten freundlich die Gäste. Jan konnte es wegen der Tücher schwer schätzen, aber er vermutete, dass die Wüstenkönigin saß, und dann war sie sicher fast doppelt so groß wie ein Mensch.

Nachdem die beiden riesigen Drachen mit ihnen eingetreten waren, flüsterte Jan Rebecca zu: „Jetzt passen

höchstens noch ein paar Laternenfliegen in den Raum."
Garamanta sprach mit einer warmen, melodischen Stimme: „Seid willkommen, liebe Bewohner der Zauberwelt, und auch ihr Menschenkinder."
Die Kinder schauten sie erstaunt an.
Die Augen der Wüstenkönigin lächelten. „Unsere Wanderdünen und die Wächsernen sind ebenso geschwätzig wie die Baumtrolle. Daher ist mir euer Erscheinen bereits angekündigt worden."
Jan ergriff das Wort: „Wir sind sehr erfreut, dich kennenzulernen, Garamanta, Herrscherin über die Zauberwüste. Wir sind hier, um euch zu helfen, die Dunkelelfen endgültig unschädlich zu machen."

Die Wüstenkönigin nickte zu den Worten Jans. „Ja, die Dunkelelfen in ihrem schwarzen Nebel sind ein ernstes Problem für uns."

Mangold Majestatus erklärte: „Deshalb sind wir so schnell wie möglich deinem Ruf gefolgt, Garamanta. Wir wollen dir im Kampf gegen die Dunkelelfen helfen, denn wir fühlen uns mitschuldig an eurer Not." Bei den letzten Worten sah er seinen Sohn an, und Feridun nickte zustimmend.

„Das ist gut, dass ihr uns helfen wollt, Majestatus. Die Dunkelelfen haben unsere Welt durcheinandergebracht. Immer wieder halten sie die Sonne mit ihrem Nebel von der Wüstenwelt fern. Dadurch ist es kühler geworden und es wachsen bereits Pflanzen im Wüstensand."

„Das hat einen Vorteil, Marvin", sagte Rebecca. „Deine Nase heilt hier im Moment schneller als in der Zauberwelt."

Marvin ging nicht auf ihre Bemerkung ein. Ihn beschäftigte ein anderer Gedanke: „Aber das ist doch schön, dass hier jetzt ein paar Pflanzen wachsen."

Garamanta schaute Marvin an und sagte: „Auch ich liebe die Farben der blühenden Blumen. Es wachsen genug davon in unseren Oasen. Dort, wo sie und auch wir Wasser zum Leben finden. Aber wir haben über die Jahrtausende gelernt, uns der heißen Welt hier anzupassen. Die niedrigeren Temperaturen schwächen uns."

Marvin nickte, aber man sah ihm an, dass er das nicht richtig verstand.

Rebecca versuchte, es ihm zu erklären: „Wenn ich die Wüstenkönigin richtig verstehe, dann geht es den Wüstenbewohnern hier so, wie es uns ergehen würde, wenn wir plötzlich am Nordpol wohnten. Wir haben nicht gelernt, in dieser Kälte zu überleben."

Feridun übernahm das Wort: „Die Veränderungen in der Zauberwüste beeinflussen unsere Welt. Und die Bewohner dort leiden unter der plötzlichen Hitze."

Marvin kratzte sich am Kopf. Nachdenklich sagte er: „Aber ich verstehe noch nicht, warum es in der Zauberwelt heißer wird, nur weil die Temperatur in der Wüste sinkt."

Garamanta nickte zu den Worten des Menschenkindes und erklärte: „Die Sonne scheint normalerweise ungehindert auf die Wüste. Die Dunkelelfen verhindern das immer wieder mit ihrem schwarzen Nebel. Die heißen Sonnenstrahlen werden dadurch abgelenkt, erhitzen die Luft über dem Nebel, der durch die Winde in andere Gegenden getragen wird, zum Beispiel auch in die Zauberwelt."

Kuno mischte sich ein: „Ich habe eine Idee! Wir ziehen einfach in die Wüstenwelt und die Wüstenbewohner leben in Zukunft bei uns. Da ist ja dann auch Platz genug, wenn wir hier sind. Wir tauschen einfach." Der Kobold schaute alle mit einem Blick an, der sagen sollte: Ihr müsst nur den Richtigen fragen, dann sind alle Probleme gelöst.

Feridun wandte seinen gigantischen Kopf dem Kobold zu und sagte: „Kleine Kobolde haben zu schweigen, wenn sich die Großen der Zauberwelt unterhalten."

„Aber ...", wollte Kuno protestieren, doch dann sah er, wie Feridun einatmete und streckte die Hände vor sich. „Schon gut, schon gut, war ja nur so eine Idee."

„Das ist auch noch nicht alles", fuhr Garamanta fort. „Die Dunkelelfen bedrohen die Wüstenbewohner und verbreiten Angst und Schrecken unter ihnen. Die Nuareg suchen Zuflucht in meinem Schloss, weil sie ständig angegriffen werden. Und die Laternenfliegen können uns nicht mehr ausreichend Licht in der Nacht geben, weil sie am Tag zu wenig Sonnenlicht tanken können. Zudem haben sich die Dunkelelfen inzwischen mit den Schwarzwürmern verbündet ..."

„Was sind Schwarzwürmer?", fragte Kuno und schaute unsicher zu Feridun, ob der wegen seiner Zwischen-frage vielleicht wieder ärgerlich wurde.

Geduldig erklärte Garamanta: „Sie mögen ebenfalls kein Licht. Schlangenartig bewegen sie sich knapp unter dem Sand. Dort warten sie auf ihre Opfer, die sie mit ihren langen, klebrigen Zungen unter den Wüstensand ziehen."

„Keine schöne Vorstellung", murmelte Marvin und machte ein angeekeltes Gesicht. Dann schaute er den Springteufel an und flüsterte: „Verwandte von dir?"

Der schüttelte nur entrüstet den Kopf und suchte Rebeccas Blick. Sie lächelte ihn an. Marvin bereute

seine Worte und flüsterte ihm zu: „Äh, tut mir leid!"
Die Wüstenkönigin fuhr fort: „Wir hatten schon mit
den Schwarzwürmern genug Ärger. Nun auch noch die
Dunkelelfen. Und wegen der sinkenden Temperaturen
werden wir immer schwächer und können uns kaum
noch wehren. Ohne die Dunkelelfen würden wir mit
den Schwarzwürmern schon fertig."

Majestatus nickte. „Die Dunkelelfen sind eine große
Gefahr für den Frieden in der Zauberwelt. Wir müssen
sie endgültig besiegen, sodass sie nie mehr Unheil anrichten können."

„Wie soll das geschehen?", fragte Jan nach. „Hast du
einen Plan?"

Majestatus schüttelte den Kopf. „Leider nicht. Ich
fürchte, wir müssen uns auf einen Kampf einlassen, in
dem hoffentlich das Licht über das Dunkle siegt. Solange die Dunkelelfen frei in der Zauberwelt walten
können, müssen wir mit dem Schlimmsten rechnen."

„Ein Kampf?", fragte Garamanta nach. „Das ist eigentlich nicht deine Art, Majestatus. Du bist berühmt für
deine weisen Entscheidungen."

Majestatus senkte den Blick. Nachdenklich sagte er:
„Wir haben die Zauberwelt von den Dunkelelfen
befreit, indem wir sie vertrieben. Aber das war keine
kluge Maßnahme, wie wir jetzt erkennen. Denn wir
haben damit lediglich das Problem in die Zauberwüste
verlagert. Die Dunkelelfen sind und bleiben böse. Deshalb habe ich keine andere Lösung als den Kampf."

Jan schaute zum Springteufel hinüber, der bisher still zugehört hatte, und dachte: Auch er kann böse sein. Aber nun ist er ganz lieb. Kann es denn sein, dass jemand nur böse ist? Jan sprach seine Frage laut aus.

Feridun antwortete: „Vor langer Zeit waren die Dunkelelfen und die Zitterelfen ein Volk. Sie haben sich entzweit, weil die Dunkelelfen so machtgierig sind. Es ist für sie unglaublich wichtig, andere zu beherrschen. Und sie haben ja auch deshalb schon viel Unheil angerichtet. Ich selbst habe sie dabei sogar unterstützt ...“

„Ja, das hast du“, sagte sein Vater sanft. „Aber sie hätten auch ohne dich Böses getan. Sie verbünden sich mit jedem, der sie ihrem Ziel näherbringt. Jetzt sind es eben die Schwarzwürmer.“

„Ich gebe zu bedenken, dass wir dich in diesem Kampf kaum unterstützen können.“ Die Wüstenkönigin schaute Majestatus an. „Wenn wir nicht schon so geschwächt wären durch die fehlende Wärme und das Licht ...“

„Nein, Garamanta“, unterbrach sie der Drache. „Es ist meine Aufgabe. Zudem sind da die Kinder ...“, er lächelte nun, „... der Kobold und der Springteufel, die mich unterstützen. Aber jetzt sollten wir schlafen, um morgen den Dunkelelfen begegnen zu können. Ich habe ja noch nicht einmal einen Plan.“

Die Wüstenkönigin nickte und wies die Laternenfliegen an, den Gästen den Platz für ein Nachtlager zu zeigen. Die Kinder suchten sich einige Kissen zusammen. Rebecca legte ein paar davon direkt neben Jan. Der schaute sie an. Rebecca grinste nur und ließ sich neben ihrem Freund nieder. „So ist es viel gemütlicher", sagte sie.

Jan wurde es plötzlich ganz heiß in seinem Bauch und er fragte sich, ob er in dieser Nacht wohl ein Auge zutun konnte.

Plötzlich maschierte Kuno an ihnen vorbei. „Wo willst du hin?", fragte Jan.

Der Kobold schaute die beiden an und sagte: „Kann nicht schlafen. Ich gehe noch ein bisschen spazieren."

„Pass auf die Schwarzwürmer auf!", mahnte Rebecca.

Kuno reckte seine Brust, als er erwiderte: „Ich bin der fleischfressenden Pflanze entronnen und habe die Werwölfe in die Flucht geschlagen. Ich habe mich aus der Höhle des Bergzauberers gerettet und vieles mehr. Ich kann auf mich aufpassen!"

„Na, lass das mal nicht deine Schutzengel hören, Kuno", riet Jan.

„Pah", sagte der Kobold nur und tapste weiter.

Rebecca schaute Jan an und sie mussten losprusten. Plötzlich stand der Springteufel vor ihnen.

„Kann ich mich zu euch legen?", fragte er leise.

Rebecca starrte ihn mit offenem Mund an. Dann ging ihr Blick kurz zu Jan. Einen Moment dachte sie nach, dann sagte sie zu dem Springteufel: „Aber klar, komm, leg dich neben uns!"

Sie zog noch ein Kissen heran und winkte das Zauberwesen näher. Es legte sich darauf und schloss die Augen.

7. Kapitel

Ein gefährlicher Nachtspaziergang

Kuno watschelte ziellos über den Burghof. Die Nuareg schauten ihn neugierig an, sagten aber nichts, während er an ihnen vorbei durch das Tor hinaustrat. Kuno ging an den Wächsernen entlang. Sorgsam achtete er darauf, den Stacheln nicht zu nahe zu kommen.

Es war inzwischen Nacht geworden in der Zauberwüste. Die Sterne und der Mond beleuchteten die Wüstenwelt. Als der Kobold zurückschaute, schimmerte die Burg in einem fahlen Licht, das die Laternenfliegen spendeten. Kuno entfernte sich noch ein Stückchen, denn er wollte allein sein. Wenn er ehrlich war, musste er zugeben, dass er Angst vor dem nächsten Tag hatte. Majestatus hatte gesagt, es würde zum Kampf kommen. Und Kobolde waren nicht für ihren Mut berühmt. Er dachte an seine Freunde Meinulf, Nestor und Elmar, die vielleicht schon die Traumfeen-Nacht erreicht, ja, vielleicht sogar schon ein nettes Koboldmädchen gefunden hatten. Und er, Kuno? Er hatte schon so lange auf den Ruf der Zitterelfen gewartet. Und als es endlich so weit war, da hatte er sich den beiden Drachen angeschlossen, weil er sie und die Menschenkinder nicht allein in die Zauberwüste reisen lassen wollte. Aber warum eigentlich? Warum war er nicht mit seinen Koboldfreunden weitergezogen? Er hatte doch schon genug Abenteuer erlebt. Mehr als ein Kobold sonst in seinem ganzen Leben. Hatte er einfach nicht genug nachgedacht, als er sich den Drachen anschloss?

Kuno setzte sich in den Wüstensand. Gerne hätte er sich angelehnt, aber da waren nur die Wächsernen mit ihren Stacheln.

Und dann wusste er, warum er mit den Drachen gezogen war. Er hatte sich so sehr darauf gefreut, seine Menschenfreunde wiederzusehen. Bei dem Gedanken war es ihm ganz warm ums Herz geworden. Er hatte sie liebgewonnen und er spürte, sie hatten auch ihn sehr gern. Ein schöneres Gefühl hatte er nie in sich gefühlt. Kuno seufzte tief.

Er musste sich ein bisschen schütteln. Die Wüstennacht war offenbar kühler, als er gedacht hatte. Kuno schaute sich um. Er sollte zurückgehen und auch ein bisschen schlafen. Der nächste Tag würde anstrengend werden. Bei dem Gedanken, was sie erwarten konnte, begann er leicht zu zittern. Oder war es die Kälte?

Kuno stand auf und schaute in den Himmel. Von einem Moment auf den anderen waren die Sterne am Himmel verschwunden und er konnte seine kleine Koboldhand vor seinen Augen kaum noch erkennen. Er blickte zu den Wächsernen hinüber, auch sie waren nur noch dunkle Schemen.

Im nächsten Moment hörte er ein Klackern um sich herum. Es kam von überall her. Die Dunkelelfen!

Panisch riss Kuno die Blockflöte an die Lippen, doch schon fielen die bösen Zauberwesen über ihn her, packten ihn, entrissen ihm das Instrument und er spürte, wie er den Boden unter den Füßen verlor. Kuno schrie aus Leibeskräften um Hilfe!

„Das nützt dir nichts, Kobold!", kreischte eine Dunkelelfe von irgendwoher.

„Wir können nichts tun!", hörte er eine unbekannte Stimme. „Es ist zu dunkel. Wir wollen dich nicht mit unseren Stacheln verletzen." Das musste einer der Wächsernen sein.

Und schon lag Kuno auf einem Teppich von Dunkelelfen und flog durch die Wüstennacht. Verzweifelt überdachte er seine Lage. Wie dumm war er doch gewesen, allein durch die Wüste zu streifen. Rebecca hatte ihn noch gewarnt. Seine Freunde würden bald von den Wächsernen erfahren, was passiert war. Und sicher würden sie versuchen, ihn zu retten. Aber sie hatten keine Ahnung, wohin die Dunkelelfen ihn bringen würden. Er wusste es ja selbst nicht. Und was würde es ihm nutzen, wenn er es wusste? Kuno sackte in sich zusammen. So musste sich Rebecca damals gefühlt haben, als sie entführt worden war.

Der Kobold warf einen Blick auf die Zauberwüste, die sie überflogen. Für ihn sah dort unten im fahlen Licht alles gleich aus. Sand, Sand und nochmals Sand. Dazwischen ein paar Pflanzen. Er hatte wenig Hoffnung, dass er bei einer Flucht den Weg zurück zur Sandburg der Wüstenkönigin finden würde.

Kuno musste sich eingestehen, dass seine Lage sehr ernst war.

Nach einem Flug, der dem Kobold unendlich lang vorkam, setzten die Dunkelelfen zur Landung an. Sie steuerten auf eine Oase zu, in der aber keine Wächsernen standen, sondern Bäume und Sträucher mit riesigen Blättern. Kuno musste seine Augen sehr anstrengen, denn der Nebel um ihn herum schluckte fast jegliches Licht, das die Sterne am Himmel spendeten.

Auf dem Boden angekommen, kletterte der kleine Kobold von dem Dunkelelfenteppich herunter und blieb unschlüssig stehen.

Eine Elfe sagte mit schneidender Stimme: „Fühl dich als unser Gast, Kobold. Solange wir noch nicht haben, was wir wollen, bist du bei uns in guten Händen."

Die anderen Dunkelelfen lachten mit einem kalten Klackern.

Eine andere Elfe hielt Kunos Flöte in der Hand, schaute sie kurz an und schleuderte sie in hohem Bogen weg.

„Die brauchst du ja nicht mehr." Und dann befahl sie: „Da hinunter!" Dabei deutete sie auf eine kleine, aber tiefe Kuhle zwischen den Bäumen.

Mit einem Seufzer sprang Kuno hinunter. Dann nahm er seinen ganzen Mut zusammen und fragte: „Was habt ihr vor?"

„Was wohl, Kobold? Denk nach! Wir wissen doch, warum Majestatus, sein Sohn und die Menschenkinder in der Zauberwüste sind. Garamanta hat sie gerufen. Sie sollen uns vertreiben oder vernichten. Aber das werden wir nicht zulassen!"

Die anderen Dunkelelfen stimmten klackernd zu.

„Es war ein großes Glück für uns, dass du kleiner Trottel ohne Schutz die Burg der Wüstenkönigin verlassen hast. So konnten wir dich leicht gefangen nehmen. Deine Freunde werden von uns erfahren, dass wir dich in unserer Gewalt haben. Und sie werden alles tun, um dich nicht zu gefährden. Sie haben ja aus irgendwelchen Gründen einen Narren an dir gefressen. Also können sie uns nicht angreifen. So einfach ist das."

„Aber wenn Majestatus uns als die neuen Herrscher der Zauberwelt anerkennt, dann könnten wir uns vorstellen, dass wir uns von dir kleinem, nervigen Kobold trennen und dich wieder zu deinen Freunden lassen."

„Ihr seid hinterhältige Wesen", sagte Kuno.

„Stimmt, und darauf sind wir stolz."

Der Kobold setzte sich auf den Sandboden der Kuhle und schaute sich um. Vielleicht konnte er an der Wand der Kuhle hochklettern, wenn er unbeobachtet war. Er würde alles versuchen, den bösen Wesen zu entkommen.

Die Dunkelelfen schienen seine Gedanken erraten zu haben, denn eine von ihnen sagte nun: „Bevor du auf dumme Gedanken kommst und zu fliehen versuchst, solltest du noch unsere Wüstenfreunde kennenlernen, die hier überall im Sand lauern."

Kuno schaute sich die Wände in seinem Gefängnis genauer an und dann sah er sie: kleine schwarze Würmer, die überall aus dem Sand hervorschauten. Schlängelnd bewegten sie sich, wobei sie immer wieder dünne Zungen hervorschnellen ließen, die nur knapp vor dem Kobold innehielten. Kuno verstand die Warnung. Sollte er versuchen zu fliehen, würden die Zungen ihn auch erreichen. Und das war sicher unangenehm. Er erinnerte sich an die Wüstenkönigin, die erklärt hatte, dass die Zungen klebrig waren und die Schwarzwürmer damit ihre Opfer unter den Sand zogen.

„Ihr könnt eure fiesen Lappen wieder einziehen", sagte Kuno matt. „Ich werde nicht versuchen zu fliehen." Und bei sich dachte er: Es sei denn, ich sehe eine Chance ...

8. Kapitel

Schreckliche Nachricht am Morgen

Jan öffnete die Augen. Die Wüstensonne schien heiß in den Raum. Verschlafen schaute Jan zu Rebecca, die mit geschlossenen Augen neben ihm lag. Der Springteufel hatte seine Arme um sie gelegt. Auch er schlief noch, ebenso wie die beiden Drachen.

Etwas weiter entfernt lag Marvin. Und wo war Kuno? Jan richtete sich auf und weckte seine Freunde.

In diesem Moment öffnete sich die große Tür zum Thronsaal und die Wüstenkönigin erschien mit einigen Laternenfliegen in ihrer Begleitung. Nun, da sie stand, reichte ihr Kopf fast bis zur Decke des Raumes.

„Ich habe schlechte Nachrichten, meine Freunde", begann sie. „Die Dunkelelfen haben euren Koboldfreund entführt."

„Was?", riefen alle wie aus einem Mund.

„Die Wächsernen wurden Zeugen der Entführung. Sie haben es mir eben berichtet. Leider konnten sie nicht eingreifen, denn durch den schwarzen Nebel war es so finster, dass sie Angst hatten, den Kobold mit ihren Stacheln zu verletzen. Und so mussten sie tatenlos miterleben, wie die Dunkelelfen euren Freund verschleppten."

Rebecca schrie aufgeregt: „Oh, der arme Kuno! Ich weiß, wie es ihm jetzt geht. Es ist schrecklich. Er hat ganz sicher große Angst." Sie war den Tränen nahe. Jan legte den Arm um sie und versuchte, sie zu beruhigen. „Natürlich machen wir uns sofort auf die Suche, Rebecca, es wird alles gut werden." Er sagte das vor allem, um seine Freundin und sich selbst zu beruhigen, denn ihn hatte auch Panik ergriffen.

Aber Rebecca konnte sich nicht beruhigen. „Sicher haben sie ihn auf einem Elfenteppich davongetragen, wie mich damals", schluchzte sie. „Wir müssen sofort los und ihn suchen."

Majestatus ergriff das Wort: „Rebecca, wir wissen doch noch gar nicht, wohin die Dunkelelfen Kuno gebracht haben. Die Zauberwüste ist riesengroß. Wo sollen wir denn mit der Suche beginnen?"

In diesem Moment schwebten zwei weitere Laternenfliegen herein und flüsterten mit der Wüstenkönigin. Sie hörte ihnen aufmerksam zu, dann wandte sie sich an die Freunde: „Draußen vor dem Tor wartet eine Abordnung von Dunkelelfen. Sie wollen mit euch sprechen."

„Haben sie Kuno dabei?", fragte Jan.

Die Laternenfliegen schüttelten ihre kleinen Köpfe.

„Sie werden uns ihre Bedingungen nennen wollen, wie Kuno wieder freikommt", meinte Feridun.

„Was wollen sie denn wohl?", fragte Marvin.

Majestatus ergriff das Wort: „Das dürfte klar sein. Sie werden die Macht über die Zauberwelt fordern."

Jan schaute die Drachen verzweifelt an. „Aber darauf könnt ihr euch doch niemals einlassen."

„Natürlich nicht. Es wäre der Untergang der Zauberwelt. Aber wir sollten zuerst einmal hören, was sie zu sagen haben. Unser erstes Ziel ist die Befreiung Kunos. Und dann müssen wir eine Lösung für die Dunkelelfen finden", erklärte Feridun. „Und diese Lösung kennen wir noch nicht. Aber es muss ein für alle Mal sicher sein, dass die Dunkelelfen nie mehr Angst und Schrecken in der Zauberwelt verbreiten können."

„Gehen wir", entschied Majestatus.

Draußen vor dem Tor warteten die Dunkelelfen. Sie begrüßten die Drachen und ihre Begleiter mit einem grimmigen Lächeln.

„Schaut nur, das blonde Menschenmädchen kennen wir doch auch noch, oder?", klackerte eine Elfe.

Eine andere sagte mit scharfer Stimme: „Du weißt doch, wie sehr der Drachenfürst alles Glitzernde und Leuchtende liebt."

Die Elfe wandte sich an den Drachenfürsten: „Du kannst einfach nie genug bekommen, was?"

„Das sind alles Freunde!", entgegnete Feridun. „Aber kommen wir zur Sache. Was wollt ihr von uns?"

„Ganz überflüssige Frage, Drachenfürst! Ich bin sicher, ihr wollt etwas von uns."

„Allerdings", mischte sich Rebecca ein. „Wir wollen Kuno zurück. Wo ist er?"

„Kuno? Ja, so heißt er wohl, der hässliche, kleine Kobold." Die Dunkelelfen lachten klackernd. „Und wo er

ist, wollt ihr wissen? In einer Grube ist er, bewacht von den schnellen, klebrigen Zungen unserer Freunde."

„Wesen wie ihr haben keine Freunde", sagte Jan bitter.

„Das Geplauder wird lästig", sagte eine der Elfen. „Wir halten den Kobold in einer Oase gefangen. Ihr könnt ihn haben. Dazu treffen wir uns im Erg, das ist das Sandmeer. Dort werden wir euch erklären, was ihr tun müsst, um euren Freund wiederzubekommen."

Und eine andere Dunkelelfe ergänzte: „Natürlich kommt ihr allein, ohne irgendwelche Bewohner der Zauberwüste. Nur ihr Drachen und die Menschenkinder."

„Und ich komme auch mit", sagte der Springteufel. Er hatte sich bisher im Hintergrund gehalten. Die Dunkelelfen schauten ihn erstaunt an.

Eine von ihnen sprach: „Springteufel, du hier? Bist du ihr Gefangener? Komm mit zu uns. Deine Begleiter werden froh sein, wenn sie dich los sind."

„Da irrst du dich aber gewaltig, Dunkelelfe!", zischte Rebecca.

„Ich bleibe hier bei meinen Freunden", erklärte der Springteufel ruhig.

Die Dunkelelfen machten große Augen. Und eine sagte: „Ein lieber Teufel, das ist ja mal was ganz Neues ..."

Marvin dachte laut nach: „Ich habe eine andere Idee.

Wir nehmen euch gefangen und tauschen euch einfach gegen den Kobold aus."

„Wenn ihr uns zu Geiseln macht, werdet ihr den Kobold nie mehr wiedersehen."

„Dann werdet ihr euer Volk aber auch nie mehr wiedersehen", drohte Marvin. Jan staunte über die Entschlossenheit in der Stimme seines Freundes.

Die Dunkelelfen schauten sich an und grinsten kalt. Dann meinte eine: „Von uns gibt es genug. Keine der anderen Elfen wird uns vermissen."

„Eurem Volk ist es egal, wenn ihr nicht mehr zurückkehrt?", fragte Marvin ungläubig.

„Genug geschwatzt", sagte eines der Dunkelwesen. „Wir müssen zurück, Bericht erstatten. Wir erwarten euch noch heute am vereinbarten Ort. Ach, und noch etwas: Ihr werdet zu Fuß gehen, damit wir euch besser beobachten können. Also, ihr Drachen, immer schön auf dem Boden bleiben." Dann schwebten sie davon.

Alle schauten den Dunkelelfen nach, bis sie nicht mehr zu sehen waren. Jeder hing seinen Gedanken nach.

Majestatus entschied: „Machen wir uns bereit für die Reise. Wir haben keine Zeit zu verlieren."

Die anderen nickten nur. Angst und Sorge wühlten ihre Gedanken auf. Sie mussten alles versuchen, um ihren Koboldfreund zu befreien. Ihre Herzen schlugen heftig bei dem Gedanken daran, wie dieser Tag wohl enden würde.

9. Kapitel

Die Falle im Erg

Die Drachen gingen gemeinsam mit den Kindern und dem Springteufel zurück in den Saal der Sandburg und berichteten der Wüstenkönigin, wie das Gespräch mit den Dunkelelfen verlaufen war.

„Das Treffen im Erg könnte eine Falle sein", gab Garamanta zu bedenken.

Majestatus nickte. „Das ist sogar wahrscheinlich. Die Dunkelelfen wollen uns schwächen, bevor sie ihre Bedingungen stellen."

„Sie werden von dir und mir fordern, die Zauberwelt für immer zu verlassen, dann können sie uneingeschränkt herrschen", überlegte Feridun.

„Aber ihr könntet zurückkehren", meinte Marvin.

„Ja, damit müssen sie rechnen", sagte Majestatus. „Also haben sie sich bestimmt etwas überlegt, damit uns das nicht möglich ist."

„Was könnte das sein?", fragte Marvin.

Rebecca sprang auf. „Sie werden sagen, dass sie Kuno erst freilassen, wenn ihr fort seid. Aber auch dann ..."

„... werden sie ihn nicht freilassen", ergänzte Jan, „weil sie dann kein Druckmittel mehr gegen euch hätten."

„Kuno wäre also ein ewiger Gefangener der Dunkelelfen", folgerte Rebecca. Schon wieder füllten sich ihre Augen mit Tränen.

„Das können wir nicht zulassen!", entschied Feridun.

„Dann hattest du recht, Majestatus", sprach die Wüstenkönigin. „Der Kampf ist die einzige Möglichkeit." Sie seufzte. „Wir sind geschwächt, aber ein wenig Kraft haben wir noch, und die setzen wir ein, um euch zu unterstützen. Die Laternenfliegen und die Nuareg werden euch unter meiner Führung begleiten."

Majestatus schüttelte energisch den Kopf. „Die Dunkelelfen haben sicher überall Späher und werden beobachten, ob wir allein kommen – und zu Fuß. Falls wir uns nicht an ihre Bedingungen halten, werden wir gar nicht erst in die Nähe des Kobolds gelangen."

„Und wenn die Dunkelelfen befürchten müssten, uns zu unterliegen, würden sie sowieso einfach mit Kuno die Flucht ergreifen", sagte Feridun.

„Aber habt ihr denn überhaupt eine Chance gegen die Übermacht der Dunkelelfen?", fragte Garamanta vorsichtig.

„Mein Vater ist der Herr des Lichts", erklärte Feridun. „Das Licht hat letztlich immer über das Dunkle gesiegt."

„Allerdings war das Böse noch nie so schwarz wie in Gestalt der Dunkelelfen", erwiderte Majestatus. Sein Blick ging hinaus durch das Fenster des Saales hin zu der gleißenden Sonne am Wüstenhimmel. Sie, die Sonne, war die Mutter aller Wärme und allen Lichts, ohne sie war das Leben trostlos und kalt. Majestatus war ein alter Drache, aber er wusste, in ihm war eine Kraft, auf die er vertrauen konnte. Im Kampf gegen die Dunkelelfen in der Höhle des Bergzauberers war er über sich hinausgewachsen, als er seine Gegner mit dem Licht für einen Moment blenden konnte. Aber damals waren die Dunkelelfen unvorbereitet gewesen. Nun wussten die Feinde, was auf sie zukommen konnte.

„Nicht ohne Grund wollen die Dunkelelfen sich mit euch im Erg treffen", äußerte sich Garamanta. „Dort gibt es Sandlöcher, die noch nicht einmal die erfahrenen Nuareg immer rechtzeitig erkennen."

„Was für Sandlöcher?", fragte Jan nach.

„Die Sandlöcher entstehen durch die Sandstürme oder durch die Bewegung der Wanderdünen. Der Sand ist so lose, dass man darin steckenbleiben und sogar darin ertrinken kann", erklärte die Wüstenkönigin.

Jan schaute den Springteufel an und fragte: „Erinnert dich das an dein Zuhause?"

Der Springteufel schaute ihn nur verlegen an, entgegnete aber nichts.

„Wir müssen aufbrechen", sagte Majestatus und verließ den Saal. Schweigend folgten ihm Feridun, die Kinder und der Springteufel.

Sie bildeten eine Karawane, indem sie hintereinander marschierten. Immer einer der Gruppe würde ein paar Schritte vorangehen. Damit befolgten sie einen Rat der Nuareg. Sollten sie in ein Sandloch geraten, waren die anderen gewarnt und konnten ihren Kameraden herausziehen.

Garamanta hatte schweren Herzens eingesehen, dass ihre Freunde die Reise allein unternehmen mussten. Aber immerhin hatte sie die Wanderdünen gebeten, der Karawane den Weg zum Erg zu weisen. Die Wüstenkönigin hatte ihre Gäste darauf hingewiesen, dass die Wanderdünen sie jedoch nicht vor den Sandlöchern warnen konnten.

Wo genau die Dunkelelfen warteten, wusste keiner, nur, dass Kuno in einer Oase gefangen gehalten wurde. Aber Oasen gab es unzählige im Erg.

Jan meldete sich freiwillig, voranzugehen.

„Einverstanden", entgegnete Marvin rasch.

Rebecca schaute Jan an, sagte aber nichts.

„Mir ist selber mulmig, aber ich will ein bisschen mit meinen Gedanken allein sein", erklärte Jan. „Falls ich in ein Sandloch gerate, beeilt euch bitte, mich wieder herauszuziehen."

„Sag dann einfach Bescheid", meinte Marvin grinsend.

Jan hatte große Angst bekommen, als Rebecca um Kuno geweint hatte. Plötzlich war ihm klar geworden, dass sie alle inzwischen unzählige Male in große Gefahr geraten waren bei ihren Abenteuern in der Zauberwelt. Bisher war es immer gut ausgegangen. Aber darauf konnten sie sich nicht verlassen. Jan erinnerte sich an etwas, was Kuno einmal gesagt hatte: Man darf sich nicht auf die Gesetze des Zauberreichs verlassen, dann funktionieren sie nicht.

Und jetzt begaben sie sich in die allergrößte Gefahr. Sie würden sich auf einen offenen Kampf mit den Dunkelelfen einlassen. Es gab keinen Grund anzunehmen, dass sie damit rechnen konnten, ihn alle heil zu überstehen. Jan sehnte sich nach seiner Mutter. Er wollte gern in den Arm genommen werden. Für einen Moment nicht stark sein müssen. Ihm war nach weinen zumute.

Er spürte, dass jemand direkt hinter ihm war, blieb stehen und drehte sich um. Rebecca hatte zu ihm aufgeschlossen.

„Du solltest Abstand halten", sagte Jan sanft.

Rebecca antwortete nicht. Stattdessen ergriff sie seine Hand und ging neben ihm. Er ließ es zu und es tat ihm gut.

Die Wanderdünen bewegten sich langsam vor ihnen her. In einem breiten Abstand bildeten sie gleichsam ein Tal, das der Gruppe den Weg zum Erg wies. Vereinzelt wuchsen Blumen und andere Pflanzen aus dem Sand. Sie wirkten irgendwie fehl am Platz, dachte Jan. Sie konnten hier eigentlich nur wachsen, weil die Dunkelelfen immer wieder mit dem schwarzen Nebel die violette Sonne verdeckten. Jetzt aber brannte sie unerbittlich auf sie nieder.

„Wie lange dauert dieser Marsch eigentlich schon?", fragte Rebecca. „Ich habe jegliches Zeitgefühl verloren."

Jan zuckte mit den Schultern. „Und wann werden wir auf die Dunkelelfen stoßen? Und was dann?"

Es gab keine Antworten. Sie mussten weitermarschieren, versuchen, ruhig zu bleiben, und darauf warten, was geschehen würde.

Wenn Jan auf den Sandboden schaute, tauchten dort immer wieder kleine schwarze Punkte auf, die aber sofort wieder verschwanden. Es flimmerte also schon vor seinen Augen. Jan entschied sich, den anderen nichts davon zu sagen. Er wollte nicht, dass sie dachten, er könnte für das Abenteuer zu schwach sein.

Die Wanderdünen bewegten sich nicht mehr weiter. Die Landschaft hatte sich verändert. Inzwischen waren keine Pflanzen und Blumen mehr zu sehen. Vor ihnen erstreckten sich bis zum Horizont unterschiedlich große Hügel aus Sand. Es schien, als sei das Sandmeer in ganz leichter Bewegung, wie Meereswellen. An einigen Stellen schimmerte und glitzerte die Oberfläche. Vielleicht sind das die Sandlöcher, dachte Jan.

„Wir haben das Erg erreicht", sagte Majestatus.

„Sollen wir hier einfach warten, bis die Dunkelelfen erscheinen?" Marvin war unentschlossen.

In diesem Moment entdeckte Jan am Horizont Bäume. Er machte seine Begleiter darauf aufmerksam.

„Das muss eine Oase sein", überlegte Majestatus. Die Karawane hielt an.

„Meint ihr, dass Kuno dort gefangen gehalten wird?", fragte Marvin.

„Königin Garamanta hat uns erklärt, dass es viele Oasen in der Wüste gibt. Es wäre schon ein großer Zufall, wenn wir direkt auf die richtige gestoßen wären", antwortete Majestatus.

„Sollten dort Dunkelelfen lauern, müssten wir doch auch ihren schwarzen Nebel erkennen", gab Jan zu bedenken.

„Nur, wenn sie auffliegen", erklärte der Springteufel. Feridun nickte. „Richtig. Aber die Dunkelelfen müssen sich gar nicht vor uns verstecken. Sie haben ja Kuno. Da sie etwas von uns wollen, werden sie sich zeigen, wenn sie es für richtig halten. Wir können hier warten oder langsam auf die Oase zumarschieren."

„Hier herumstehen in der Hitze und warten? Das halte ich nicht aus!", stöhnte Rebecca.

Jan überlegte laut: „Warum gehen wir nicht vorsichtig auf die Oase zu? Wenn sich die Dunkelelfen nähern, merken wir das am schwarzen Nebel."

Majestatus nickte. „Hier im Sandmeer sind wir schon von weitem zu erkennen und haben auch keine Möglichkeit, uns bei einem Angriff zu schützen. Vielleicht haben wir zwischen den Bäumen der Oase bessere Chancen."

„Also, worauf warten wir?" Jan marschierte los. Die anderen folgten ihm.

Jan zwang sich, nur auf den Boden unter ihm zu achten. Wenn er jetzt in ein Sandloch geriete, wäre das ein günstiger Moment für einen Angriff der Dunkelelfen. Dann waren er und seine Freunde besonders hilflos. Vielleicht warteten die Feinde sogar darauf. Aber es würden ohnehin keine ernsthaften Verhandlungen zwischen ihnen und den Dunkelwesen stattfinden. Allen war klar, was sie wollten.

Das Flimmern vor seinen Augen hatte sich verstärkt. Immer häufiger sah Jan kleine schwarze Punkte auf dem Sandboden, nur für einen Moment, dann waren sie wieder verschwunden.

„Was ist das da unter meinen Füßen?", fragte in diesem Moment Marvin von weiter hinten.

Jan blieb sofort stehen. „Siehst du die schwarzen Punkte im Sand etwa auch?", fragte er über die Schulter.

Er bekam keine Antwort mehr, denn im selben Moment färbte sich der Sand schwarz. Alles bewegte sich unter ihnen. Die Kinder schrien auf. Schon sahen sie, wie die klebrigen langen Zungen der Schwarzwürmer ihnen entgegenzischten. Die Würmer ringelten sich um ihre Arme und Beine, ihre Hände und Füße. Die Kinder konnten sich kaum noch bewegen. Mühsam versuchte Jan, seinen Kopf nach hinten zu wenden. Die beiden Drachen schossen Feuersalven über den Sandboden hinweg. Ihre riesigen Körper waren auch schon bedeckt von den Schwarzwürmern, ebenso wie der Springteufel. Einige hatten ihre Zungen um seine Hörner gewickelt und zerrten ihn damit zu Boden. Alle versuchten mit hektischen Bewegungen, die vielen kleinen Gegner abzuschütteln.

Ist das jetzt das Ende?, dachte Jan verzweifelt, während ihn das Gewicht der unzähligen Würmer langsam zu Boden drücken wollte.

Was konnte sie retten? Jan traten Tränen in die Augen. Noch nie hatte er so eine große Angst verspürt. In diesem Moment ging Rebecca zu Boden. Sie schaute dabei zu Jan hinüber, als erhoffte sie sich von ihm Hilfe. Aber was sollte er machen? Jan konnte sich selbst nicht mehr bewegen. „Rebecca!", schrie er verzweifelt. Mit aller Macht versuchte er, sich loszureißen, und für einen kleinen Moment schien es, als wären einige der Wesen von ihm abgefallen. Aber im nächsten Augenblick stürzten sich noch mehr Schwarzwürmer auf ihn. Die klebrigen Zungen waren überall an seinem Körper und nun fiel auch er in den Sand.

„Mama!", schluchzte Jan. „Papa!"

Plötzlich hörte er Stimmen, die ihm bekannt vorkamen. Nein, es waren nicht seine Eltern. Sein Gesicht lag im heißen Sand und er versuchte, seinen Kopf in die Richtung zu drehen, aus der er die Rufe hörte. Es gelang nicht. Und das waren auch keine Rufe, das waren Befehle.

„Attacke!"

Jans Herz raste. Das war doch Kammzahns Stimme, der Anführer der Fledermausfreunde.

„Ein Biss muss reichen, Jungs!"

Und dann eine andere vertraute Stimme: „Und passt auf, dass ihr nicht versehentlich einen unserer Freunde anknabbert!"

„Graf Mandala von Paprika!", flüsterte Jan und weinte vor Freude und Hoffnung, während er spürte, wie der Druck der Schwarzwürmer auf seinem Körper langsam nachließ.

Wenige Minuten später war der Kampf vorüber. Die Schwarzwürmer ergriffen vor der Übermacht ihrer Feinde die Flucht unter die Sandoberfläche, wohin ihnen die Fledermäuse nicht folgen konnten.

Langsam richteten sich die Freunde wieder auf. Allen stand die Angst noch im Gesicht. Jan ging zu Rebecca, die sich an ihn lehnte. Sie zitterte am ganzen Körper. „Wie fühlst du dich? Ist alles in Ordnung?", fragte er sanft.

Rebecca nickte nur.

Kammzahn näherte sich. Die Kinder ließen sich vor ihm erschöpft in den Sand fallen.

„Unangenehme Gegner", schimpfte der Fledermausanführer. „Hatten so klebrige Zungen. Hätte Lust, mich zu waschen. Aber Wasser ist hier ja selten." Er schaute sich um.

„Wo kommt ihr denn her?", fragte Feridun.

Nun meldete sich eine andere Stimme aus der Gruppe der Fledermäuse und stellte sich vor die Freunde. „Verdammt, ich glaube, ich habe Sand in meinen Lackschuhen!"

„Schön, dich zu sehen, Graf Mandala von Paprika", sagte Majestatus.

„Hallo, Leute", erwiderte der kleine Halbvampir, während er einen Schuh auszog, ihn umstülpte und Sand herausrieseln ließ. Dann schlüpfte er wieder mit dem Fuß hinein, schaute alle an und sagte: „Viel später hätten wir aber nicht kommen dürfen, was?"

„Wir würden immer noch gerne wissen, wieso ihr hier seid", hakte Majestatus nach.

Kammzahn erklärte: „Die Baumgeister und Wichte erzählten uns, dass ihr auf dem Weg in die Zauberwüste seid, weil die Dunkelelfen dort Unheil anrichten. Da haben wir gedacht, schauen wir mal nach, ob das alles so läuft, wie ihr das wollt."

Mandala ergänzte: „In der Zauberwelt ist alles ganz ruhig. Wegen der Hitze. Im Moment ist es sogar den Werwölfen zu heiß und sie liegen nur erschöpft herum. Wir dachten, vielleicht werden wir hier mehr gebraucht."

„Ja, das kann man so sehen", sagte Feridun.

In diesem Moment bemerkten sie die Zitterelfen, die über dem Sand schwebten und sich die verletzten Schwarzwürmer ins Haar setzten.

„Ach ja, die Zitterelfen", erklärte Kammzahn, der Anführer der Fledermäuse. „Einige von ihnen haben uns begleitet, um uns den Weg zu zeigen. Und jetzt können sie sich auch um die Verletzten kümmern."

Marvin staunte: „Die helfen auch unseren Feinden?"

Majestatus erklärte: „Die Zitterelfen machen in ihrer Hilfsbereitschaft keinen Unterschied zwischen Freunden und Feinden. Und das ehrt sie."

„Wo ist eigentlich diese zottelige Kartoffel auf zwei Beinen?", fragte Mandala und schaute sich um. „Seine große Klappe hört man doch sonst immer zuerst!"

„Kuno ist von den Dunkelelfen entführt worden", erklärte Jan. „Sie wollen Majestatus und Feridun erpressen, ihre Macht abzugeben."

Mandala pfiff durch die Zähne. „Diese kleinen ekligen Flattermänner schrecken vor nichts zurück. Wisst ihr, wo sie den Kobold gefangen halten?"

„In einer Oase", warf Marvin ein. „Mehr wissen wir leider nicht."

„Na, vielleicht hat der kleine Kobold die Dunkelelfen schon ohnmächtig gequatscht", scherzte der Halbvampir, „und ist bereits auf dem Weg nach Hause."

„Wir müssen Kuno befreien!", forderte Rebecca. „Beeilen wir uns, denn die Schwarzwürmer haben sicher bald die Dunkelelfen informiert, dass sie uns nicht besiegen konnten. Vielleicht werden sie uns nun angreifen, vielleicht sind sie aber auch mit Kuno geflohen."

Alle nickten mit ernstem Gesicht.

Majestatus entschied: „Wir müssen uns dem Kampf stellen. Und die Dunkelelfen dürfen keine Gelegenheit zur Flucht bekommen. Mandala, die Fledermäuse und die Zitterelfen werden uns begleiten. Wir können jede Unterstützung brauchen."

Der große Drache schaute in die Runde. Er sah in ängstliche, aber entschlossene Gesichter. Sie würden sich alle aufeinander verlassen müssen und sie wussten, das konnten sie auch.

Die Gruppe setzte sich in Bewegung. Ihr Ziel war die Oase. Jan ging wieder voran. Rebecca neben ihm. Sie nahmen sich an die Hand. Über ihnen flogen die Fledermäuse. Die violette Sonne brannte unerbittlich.

10. Kapitel

Majestatus macht den Dunkelelfen einen Vorschlag

Majestatus schimpfte vor sich hin: „Wir sind einfach in der schlechteren Position. Sollten sich die Dunkelelfen in der Oase versteckt halten, sehen sie uns schon von weitem kommen und können uns beobachten."

„Sollen wir ein paar Fledermäuse als Späher voranschicken?", fragte Feridun.

„Daran habe ich auch schon gedacht", antwortete Majestatus. „Aber die Dunkelelfen würden sie sofort bemerken. Es macht keinen Sinn, einige unserer Freunde in Gefahr zu bringen."

Langsam und aufmerksam schritt die Gruppe durch den heißen Wüstensand. Die Hitze und der weiche Untergrund machten jeden Schritt beschwerlich. Alle hingen schweigend ihren Gedanken nach, versuchten sich auszumalen, was sie vielleicht beim Eintreffen in der Oase erwarten würde. Ein schrecklicher Kampf? Oder die Enttäuschung, dass Kuno gar nicht dort war und sie weitersuchen mussten?

Graf Mandala hatte sich zu Marvin gesellt, der hinter Jan und Rebecca ging. Mandala plauderte vor sich hin: „In der Zauberwelt ist einfach nichts los. Es ist zu heiß, alle liegen nur faul herum. Keine Party weit und breit.

Ihr könnt euch das nicht vorstellen. Man freut sich schon, wenn ein paar Zitterelfen durch den Wald huschen und singen. Aber auch das klingt im Moment ziemlich dünn. Na ja, und frag eine Zitterelfe, ob sie es mal richtig auf 'ner Party krachen lassen will. Dann guckt die …"

„Mandala, halt die Klappe! Wir haben jetzt echt andere Sorgen", unterbrach ihn Jan. Dann schaute er Rebecca an. Sie verdrehte die Augen. Rebecca hatte wieder seine Hand gefasst und lächelnd erklärt: „Nur zur Sicherheit, falls einer von uns plötzlich einsinkt."

Jan schaute zur Oase. Man konnte jetzt schon einzelne Bäume und Sträucher erkennen. Nicht mehr lange, dann hatten sie ihr Ziel erreicht.

Im gleichen Moment hörten sie eine Stimme aus der Oase, ganz leise klangen die Rufe, aber sie konnten einige Worte verstehen: „Hilfe! … Hört mich jemand? … Hier bin ich! … Hilfe!" Dann war es wieder still. Sie lauschten weiter, aber es war nichts mehr zu hören. Alle hatten die Stimme sofort erkannt.

Mandala sagte es auf seine Art: „Ich hatte den kleinen Zottelkerl richtig vermisst."

Majestatus ergriff das Wort: „Wo Kuno ist, sind die Dunkelelfen nicht weit." Er schaute in die Runde. „Es geht los. Macht euch bereit!"

Kammzahn schrie Befehle: „Alle Fledermäuse fliegen in Fünfer-Gruppen. Jede Gruppe in unterschiedlicher

Höhe. Nie hintereinander fliegen, sondern immer nebeneinander. Dann müssen sich die Dunkelelfen beim Angriff mehr verteilen. Vielleicht können wir sie ein bisschen durcheinanderbringen."

Der Fledermausschwarm veränderte sich. Mehrere Fledermäuse bildeten eine Gruppe. Die einzelnen Gruppen flogen nebeneinander, sodass sie vom Boden aus wie ein grauer Streifen am Himmel erschienen.

Jan dachte: Die Fledermäuse mit ihrer Fähigkeit, nach Gehör zu fliegen, hatten immerhin kein Problem mit der Dunkelheit im schwarzen Nebel.

Feridun wandte sich an die Zitterelfen: „Ihr bleibt hinter uns. Ihr könnt den Verletzten helfen."

Majestatus bestimmte: „Rebecca, Jan, ihr zieht euch in die zweite Reihe zurück. Ich werde vorangehen und mich den Dunkelelfen stellen."

Dann sahen sie, wie der schwarze Nebel über der Oase aufstieg.

Die Kinder hatten noch nie so viele Dunkelelfen in einem Schwarm gesehen. Der Himmel verdüsterte sich, bis alle Farbe aus der Umgebung gewichen war. Jan schaute hinauf und er konnte die Fledermäuse kaum noch von den Dunkelelfen unterscheiden.

Majestatus befahl: „Kammzahn, ihr greift erst an, wenn ich es sage!"

„Zu Befehl!", bellte die Fledermaus zurück und dann zu den anderen: „Alles wartet auf mein Kommando!"

Der schwarze Nebel waberte bedrohlich über den Freunden. Dunkelelfen schwebten herab und standen fast in der Luft, in Augenhöhe mit den beiden Drachen, aber immer noch in einem so großen Abstand, dass ihnen der heiße Atem der Herrscher des Zauberreiches nichts anhaben konnte.

Eine Dunkelelfe sprach zu Majestatus: „Auf euch ist Verlass. Wir haben euch erwartet."

Feridun stand einen Schritt hinter seinem Vater und entgegnete: „Gebt uns den Kobold und dann können wir verhandeln."

Die Antwort war ein vielfaches klackerndes Lachen der Dunkelelfen.

„Du machst Spaß, Drachenfürst", sprach eine von ihnen. „Den Kobold bekommt ihr als Geschenk, wenn ihr unsere Bedingungen erfüllt."

„Und was sind eure Bedingungen?", fragte Majestatus, obwohl er es schon wusste.

„Du und dein Sohn verlasst für immer die Zauberwelt und wir werden die neuen Herrscher."

Majestatus schaute seine Gegner an, als er ganz ruhig wissen wollte: „Und ihr glaubt, wir werden euch euren Wunsch erfüllen?"

Eine der Dunkelelfen schwebte ein wenig näher heran. Ihr Gesicht war nur noch eine hasserfüllte Fratze. „Das ist uns egal. Ihr verschwindet freiwillig oder wir werden euch zwingen. Wir wollen die Herrschaft und du wirst nichts dagegen tun können. Wir sind zu viele. Wenn ihr nicht verschwindet, werden wir euch vernichten. Und die Kinder und das andere Gesindel, das euch begleitet, gleich mit."

Den Kindern schlug bei den Worten der Elfe das Herz bis zum Hals. Nur der Springteufel schien nicht beeindruckt zu sein.

„Ihr glaubt, die Dunkle Seite hat mehr Macht als ich?", fragte Majestatus. Dabei reckte er seinen Hals.

„Das Böse hat mehr Kraft. Ihr seid einfach zu weich und zu lieb. Nur wenn man böse ist, kann man sich durchsetzen", antwortete die Dunkelelfe. „Wir sind böse, wir sind es gern und wir werden böse bleiben."

Majestatus nickte.

Dann sprach er leise, aber alle spürten die ungeheure Kraft, die in seinen Worten lag: „Ohne Licht gibt es kein Leben. Ohne Licht und Wärme kann nichts wachsen in der Zauberwelt. Eure Dunkelheit vernichtet alles. Ohne Licht und Wärme gibt es auch keine Liebe. Ihr habt keine Liebe in euch. Das ist traurig für euch. Ihr wisst nicht mehr, wie es ist, zu lieben. Und ich ..."

Er machte eine Pause, dann fuhr er mit lauter, klarer Stimme fort: „... ich liebe die Zauberwelt und ihre Bewohner. Ich werde niemals zulassen, dass ihr die Macht über sie erhaltet. Denn ich bin der Herr des Lichts."

Klackernd redeten nun die Dunkelelfen durcheinander.

Majestatus fuhr fort: „Ich mache euch einen Vorschlag.
Wir kämpfen. Das Licht gegen das Dunkle. Wer ge-
winnt, bekommt die Macht."

Die Kinder schauten sich an. Sie wagten kaum, sich zu
bewegen, so spannungsgeladen war die Luft.

Eine Dunkelelfe fragte nach: „Du meinst, du allein
gegen uns alle? Verstehe ich das richtig?"

Majestatus nickte.

„Deine Flatterfreunde und die anderen Gestalten da",
sie wies auf die Kinder und den Springteufel, „halten
sich aus dem Kampf raus?"

Majestatus nickte wieder.

„Und wenn wir gewinnen, dann überlässt du uns die
Herrschaft über das gesamte Zauberreich?"

Majestatus nickte ein drittes Mal.

Die Dunkelelfen redeten nun alle durcheinander und es
klang, als käme ein riesiger Steinhügel ins Rutschen.

Dann sprach ihre Anführerin: „Majestatus, du scheinst
dir deiner Sache sicher zu sein. Aber du wirst verlieren.
Da du nicht böse bist wie wir, hast du auch keinen
hinterhältigen Plan. Wir lassen uns auf deinen Vorschlag
ein. Ich nehme an, für den unwahrscheinlichen Fall,
dass du gewinnst, wirst du von uns verlangen, für immer
auf jede Macht zu verzichten."

„Ich verlange nichts von euch, denn eure Worte sind
nichts wert", entgegnete Majestatus ruhig.

„Da könntest du recht haben." Die Dunkelelfen
lachten kalt.

11. Kapitel

Der Kampf zwischen Licht und Dunkelheit

Die Kinder standen eng beieinander. Rebecca hatte den Springteufel auf den Arm genommen. Graf Mandala war nicht zu sehen. Vielleicht war er bei Kammzahn.

„Ich bin bereit!", verkündete Majestatus, während er ein paar Schritte auf die Dunkelelfen zuging. Ein eisiges Klackern seiner Gegner war die Antwort. Der Drache stand nun ganz allein in der Dämmerung, über ihm der schwarze Nebel. Sein Körper war gespannt und der lange Hals stolz aufgerichtet. In seinem Drachengesicht war nicht abzulesen, ob er Angst hatte.

Jan dachte: So war das alles nicht abgesprochen. Aber er verstand, dass der mutige Majestatus vermeiden wollte, dass sie alle in Gefahr gerieten. Er musste also sehr zuversichtlich sein, den Machtkampf zwischen Licht und Dunkel zu gewinnen.

„Möge das Licht über die Dunkelheit siegen", sagte Majestatus und im nächsten Moment begann er von innen heraus zu leuchten. Erst noch ganz matt, dann immer heller. Alle Muskeln waren angespannt. Das Licht füllte seinen Körper und trat durch seine Haut und seine Schuppen nach außen. Die Dunkelelfen schwebten im schwarzen Nebel und senkten sich über ihn herab. Es sah aus, als wollten sie einen Schirm über

Majestatus ausbreiten, einen Schirm der Finsternis, der das Licht erstickte.

Der Drache spürte, wie sich die Dunkelheit auf ihn legte. Wie ein Gewicht, das ihn niederdrücken wollte. Er verstärkte seine Anstrengung. Nun leuchtete er noch heller auf und der Nebel wich für einen Moment zurück, verdichtete sich neu und senkte sich ein weiteres Mal herab. Majestatus leuchtete jetzt gleißend hell. Sein ganzer Körper war nur noch Licht. Wenn er neue Kraft sammelte, wurde das Licht für einen Moment ganz schwach und die Finsternis des schwarzen Nebels wollte ihn sogleich erdrücken. Dann erstrahlte er wieder und drängte die Dunkelheit zurück.

Das alles geschah völlig lautlos. Die Zauberwüste schien stillzustehen in diesem Moment. Es gab nur diesen Kampf, den ständigen Wechsel zwischen Licht und Dunkelheit.

Majestatus spürte, wie seine Kraft nachließ. Immer wieder ließ er das Licht wie eine Explosion aus seinem Körper schießen, doch sogleich spürte er die Dunkelheit seiner Feinde mit ungeheurem Gewicht auf sich lasten. Seine Beine zitterten, wollten ihm nicht mehr gehorchen. Aber er durfte nicht aufgeben! Sein Atem ging schwer.

Die Kinder waren noch näher aneinandergerückt und hielten sich an den Händen.

Sie beobachteten, wie die Lichtblitze in den Nebel stießen und in der Dunkelheit verendeten. Es sah aus, als würden Tag und Nacht in Sekundenschnelle wechseln. Dort, wo Majestatus stand, sahen die Kinder nur noch einen gleißenden Lichtkegel, der in ihren Augen schmerzte. Sie blinzelten. Immer wieder legte sich der schwarze Nebel über den Drachenherrscher, kam ihm ganz nah, drohte das Licht zu ersticken, dann flackerte es wieder auf, wie eine Kerze, die im Wind fast erloschen war.

Das Hin und Her von Licht und Dunkel schien eine Ewigkeit anzudauern. Die Kinder klammerten sich aneinander. Keiner von ihnen wollte in diesem Moment allein sein. Sie spürten, der große Kampf ging in seine alles entscheidende Runde.

Mit klopfenden Herzen beobachteten sie, wie das Licht des Drachen schwächer zu werden begann. Der schwarze Nebel hatte sich fast gänzlich über Majestatus gelegt. Nun war er nur noch ein matter Lichtpunkt. Die Kinder ergriff Panik. War Majestatus doch zu schwach? War das jetzt das Ende?

Der Drache spürte, wie ihn die Finsternis des Nebels niederdrückte. Er wollte nicht aufgeben. Majestatus wütete innerlich, kämpfte mit seiner Verzweiflung. Er durfte nicht verlieren. Es ging um die Zukunft der Zauberwelt. Noch einmal spannte er sich an, sein ganzer Wille, gebündelt für das eine Ziel, das böse Dunkle zu besiegen. In seinem Kopf gab es nur diesen einen Gedanken. Und dieser Gedanke übernahm die Herrschaft über seinen Körper. Majestatus bäumte sich auf. Mit unbeschreiblicher Kraft explodierte das Licht und der schwarze Nebel ertrank in einer Flutwelle aus Helligkeit. Im nächsten Moment war der schwarze Nebel verschwunden. Ein jämmerlich kreischendes Klackern war die Reaktion. Die Dunkelelfen flatterten in dem Licht herum wie ein Bienenschwarm, den man aus der Wabe verscheucht hatte.

Die Kinder schauten auf den Drachen, dessen Schuppen auf dem Rücken wieder vertraut in dem sanften rötlichen Farbton glänzten. Majestatus konnte sich kaum auf den Beinen halten. Er zitterte. Der Drache hatte seine ganze Kraft für den Kampf gebraucht. Aber er hatte ihn gewonnen.

Die Dunkelelfen flatterten torkelnd hin und her. Einige landeten auf dem Boden, stolperten dort herum, flogen mit müden Flügeln wieder auf. Es war ein jammervoller Anblick.

Die Kinder wollten gerade zu Majestatus hinüberlaufen, als der Boden unter den Drachen von einem Moment auf den anderen von Schwarzwürmern wimmelte. Mit ihren klebrigen Zungen stürzten sie sich auf Majestatus und Feridun.

„Ein Hinterhalt! Es ist noch nicht vorbei!", schrie Jan.

12. Kapitel

Die zwei Seiten des Springteufels

Was ist mit Kuno?", schrie Rebecca.

Natürlich, er hatte doch gerufen. Wie hatten sie ihn vergessen können?

Die Kinder standen etwas abseits und beobachteten, wie sich die Fledermäuse, die den Kampf bisher in einigem Abstand in der Luft beobachtet hatten, auf die Schwarzwürmer stürzten.

Jan zischte: „Los, wir suchen Kuno, bevor die Schwarzwürmer uns entdecken!"

Die Gruppe rannte in einem Bogen um das Kampfgetümmel herum auf die Oase zu. Der Springteufel hatte es abgelehnt, sich bei einem der Kinder auf die Schulter zu setzen, weil er meinte, er sei zu schwer und sie würden dann alle zu langsam vorankommen.

Die Herzen der Kinder rasten jetzt auch von der Anstrengung, durch den tiefen Sand zu laufen. Als sie die ersten Bäume erreicht hatten, schlugen sie die tief hängenden Zweige vor sich zur Seite. Immerhin war der Boden hier fester und sie kamen schneller voran. Sie riefen nach Kuno, während sie rannten. Plötzlich sah Jan etwas auf der Erde liegen. Es war die Blockflöte, die er Kuno einmal geschenkt hatte. Wieso lag sie hier im Sand? Die Sorge um den kleinen Freund wuchs bei allen. Jan hob das Instrument auf.

„Los, weitersuchen!", drängte Rebecca.

Kurze Zeit später hörten sie Kuno rufen: „Hier bin ich!" Sie folgten der Stimme und erreichten eine Kuhle, die von dichten Bäumen umschlossen war. Unten stand der Kobold und schaute sie glücklich an.

„Kuno!", rief Rebecca hinab. „Geht's dir gut? Bist du in Ordnung?"

„Klar!", antwortete der Kobold. „Jetzt, wo ich euch sehe."

Die Kinder erkannten, dass Kuno ohne ihre Hilfe nicht die Wände der Kuhle hinaufklettern konnte. Jan bedeutete Marvin, ihm zu helfen. Er legte sich vor der Kuhle auf den Bauch. Marvin setzte sich auf seine Beine, sodass er nicht hinabrutschen konnte. Jan war gerade lang genug, dass Kuno seine Hände fassen konnte. Mit Rebeccas Hilfe zogen sie den Kobold herauf. Sie nahm ihn sofort in den Arm. „Endlich, wir haben uns solche Sorgen gemacht!"

In wenigen Worten berichteten die Kinder Kuno, was passiert war. Der Kobold nickte dazu. „Einige Schwarzwürmer haben mich bewacht. Aber plötzlich brachen sie alle auf. Ich ahnte, warum. Sie sollten den geschwächten Dunkelelfen zu Hilfe eilen, falls sie den Kampf gegen euch nicht allein entscheiden konnten." Dann bemerkte Kuno den Springteufel.

„Und was machst du hier?", fragte Kuno. Er schaute das Moorwesen misstrauisch an.

Rebecca antwortete: „Er wollte uns helfen, die Dunkelelfen zu bekämpfen."

„Müssen wir nicht zurück zu Majestatus und den anderen?", unterbrach Marvin sie.

Alle stimmten zu. Jan hielt dem Kobold die Blockflöte hin.

„Oh, du hast sie gefunden? Das ist großartig!", sagte Kuno erfreut. „Die Dunkelelfen haben sie mir abgenommen und weggeworfen."

Rebecca setzte den Kobold auf ihre Schultern. Dann schlugen sie sich durch das Dickicht zurück Richtung Kampfgetümmel. Während sie durch den rötlichen, heißen Sand liefen, hörten sie vereinzelt das Gekreische der Dunkelelfen und die Befehle Kammzahns. Der Kampf war also noch nicht entschieden.

Jan, Marvin und Rebecca mit Kuno auf dem Arm rannten los. In einigem Abstand folgte der Springteufel. Sie liefen durch den Sand und die feinen Körner spritzten bei jedem Schritt hoch, als würden sie durch Pfützen laufen. Schon konnten sie Feridun und Majestatus ausmachen, wie sie immer wieder Feuerstöße aus ihren großen Mäulern abfeuerten.

Plötzlich steckte Jan mit beiden Beinen bis zu den Knien im Sand fest. Ein Sandloch!, dachte er panisch, drehte den Kopf und schrie, um seine Freunde zu warnen. Doch zu spät! Rebecca und Marvin waren ihm dicht gefolgt und steckten etwa eine Armlänge entfernt ebenfalls fest. Kuno hing immer noch auf Rebeccas Schultern. Entsetzt schauten sie an sich hinab.

„Achtung, Springteufel, keinen Schritt weiter!", rief Jan. Aber das Moorwesen war bereits stehengeblieben und schaute sie an.

„Verdammt, ein Sandloch!", stöhnte Marvin. „Ausgerechnet jetzt!"

„Das ist kein Sandloch", sagte der Springteufel mit ausdruckslosem Gesicht.

„Du kannst uns hier doch rausholen, nicht wahr?", fragte Rebecca.

Das Moorwesen antwortete: „Ja, das kann ich, aber ich werde es nicht tun."

Jan blickte in die roten Augen des Springteufels. „Du hast uns hier feststecken lassen?"

Das Moorwesen nickte.

„Warum tust du uns das an?", fragte Rebecca mit trauriger Stimme.

„Die Dunkelelfen könnten den Kampf gegen das Licht verlieren", erklärte der Springteufel. „Aber mit euch als Geiseln können sie Majestatus zwingen, sie in Ruhe zu lassen."

Jan wollte nicht glauben, was er da hörte. Verzweifelt sagte er: „Aber ich dachte, du bist auf unserer Seite."

„Vielleicht weiß ich nicht genau, auf welcher Seite ich bin. Die Moor-Nymphen haben mich einst in das Moor gelockt. Sie haben mir dort immerhin ein Zuhause gegeben. Vorher war ich immer allein. Und weil sie mich aufgenommen haben, half ich ihnen, die Wanderer festzuhalten, die sie ins Moor gelockt hatten."

„Aber wir waren gut zu dir, Springteufel", meldete sich Marvin zu Wort. „Rebecca und ich haben dir nette Sachen gesagt. Wir haben dir vertraut."

„Du solltest so was nicht behaupten", zischte der Springteufel. „Du hast mich gar nicht gemeint, als wir uns das erste Mal sahen. Du hast das Mädchen gemeint." Er deutete auf Rebecca.

Marvin wurde rot. Er erinnerte sich nicht gerne daran, wie er dem Moorwesen eine Liebeserklärung gemacht hatte, deren Worte eigentlich Rebecca galten. „Aber zuletzt habe ich meine Worte ehrlich gemeint, als ich dir gesagt habe, dass du dich sicher allein fühlst. Du hast mir leidgetan und ich habe auch ein schlechtes Gewissen, weil ich dir damals einen Streich gespielt habe mit der Liebeserklärung."

Rebecca hatte sich bei Marvins letzten Worten Jan zugewandt und leise geflüstert: „Wir haben keine Zeit zu verlieren. Unsere Freunde sind in Not und brauchen unsere Hilfe. Ich schlage vor, Kuno legt den Springteufel schlafen." Sie deutete auf die Blockflöte, die der kleine Kobold in den Händen hielt.

Kuno begriff sofort und wollte die Flöte gerade an die Lippen setzen, doch der Springteufel war aufmerksam und schrie: „Finger weg, Kobold!"

Kuno zuckte zusammen und im selben Moment entglitt ihm die Flöte aus seinen kleinen Händen. Sie rollte noch ein bisschen über den heißen Wüstensand und blieb dann vor Marvin liegen. Als der danach greifen wollte, ließ der Springteufel einen Schrei los und die Kinder spürten, wie sie tiefer im Sand einsanken.

„Wagt es nicht, nach der Flöte zu greifen, oder ich lasse euch bis zum Hals einsinken!", drohte das Moorwesen.

„Und was soll jetzt passieren?", fragte Jan.

„Wenn die Dunkelelfen siegen, dann werden sie sehen, dass ich ihnen ein treuer Freund bin und mich bei sich aufnehmen. Wenn eure Freunde gewinnen, dann müssen sie doch noch aufgeben, denn ihr seid meine Geiseln. Ich werde mit euch die Dunkelelfen wieder freikaufen.

Jan und Rebecca schauten einander verzweifelt an.

Nachdenklich beobachtete Marvin den Springteufel. Vielleicht gab es ja doch noch Rettung. Er hatte eine Idee, die sein Herz höherschlagen ließ. Diesmal würde er die Wahrheit sagen. Sorgfältig wählte er seine Worte: „Springteufel, ich habe gespürt, dass du ein lieber Kerl sein kannst. Du möchtest, dass man dich lieb hat, wie wir alle. Du hast Freunde in uns gewonnen, auf die du dich verlassen kannst, wenn du es nur willst." Der Springteufel schaute ihn mit großen Augen an. Ganz leicht begann er zu wanken. „Ich meine es ernst", fuhr Marvin fort. „Wir haben alle deine nette Seite kennengelernt. Wir sind dir dankbar, dass du uns deine Hilfe angeboten hast. Wir konnten sie gebrauchen. Das war ein schönes Gefühl. Wir haben uns stärker gefühlt mit dir zusammen. Ich glaube, du freust dich auch, wenn du merkst, dass man dir vertrauen will. Dafür bekommt man nämlich schöne Gefühle zurück. Du willst dich nicht allein fühlen, das kann hier jeder verstehen." Der Springteufel wankte stärker. Er schien sich kaum noch auf den Beinen halten zu können. „Wir wollen dir auch gerne verzeihen, dass du nicht immer nett gewesen bist. Keiner von uns hier ist immer nur nett. Auch ich habe dich belogen und das tut mir leid." Marvin schaute kurz zu Jan hinüber, der ihm aufmerksam zuhörte. „Komm, wir wollen Frieden schließen und alles wird gut."

Bei den letzten Worten ging der Springteufel in die Knie und fiel dann in den Sand.

„Das hast du schön gesagt", meinte Rebecca.

Leise erwiderte Marvin: „Und ich habe nicht gelogen. Ich habe es wirklich so gemeint."

„Ja", sagte Jan sanft. „Das haben alle gespürt, nicht nur der Springteufel."

„So, das Rotauge ist keine Gefahr mehr", mischte sich Kuno ein, der immer noch bei Rebecca auf der Schulter saß. „Aber wir stecken weiterhin fest."

In diesem Moment drangen auch wieder die Rufe des Kampfes zu ihnen hinüber.

„Hey, wirf mal die Flöte herüber!", forderte Kuno Marvin auf.

„Was willst du denn damit?", fragte Jan.

„Äh ...", der Kobold schaute verwirrt. „Äh, tja, wenn ich so darüber nachdenke, muss ich eigentlich nicht mehr spielen."

„Verdammt!", fluchte Marvin und wand und streckte sich verzweifelt. Aber so viel er auch zerrte und sich gegen den Sandboden stemmte, konnte er seine Beine doch keinen Zentimeter herausziehen. Er zuckte mit den Schultern und warf die Flöte Kuno zu, der sie geschickt auffing.

„Sollten wir hier freikommen, können wir die Flöte gegen die Dunkelelfen einsetzen und so unseren Freunden helfen", überlegte Rebecca.

„Wir müssen hoffen, dass uns Majestatus findet, wenn der Kampf vorüber ist", sagte Jan. „Vielleicht können wir uns durch Rufe bemerkbar machen."

„Wenn die Drachen und Fledermäuse doch nicht siegen, sind wir die Gefangenen der Dunkelelfen", gab Rebecca zu bedenken.

Das wollten sie sich lieber gar nicht erst vorstellen.

Jan überlegte fieberhaft. Wie konnten sie aus dem Sand herauskommen? Nur mit Hilfe des Springteufels. Aber der wollte sie als Geiseln für die Dunkelelfen. Jan schaute zu dem Zauberwesen hinüber. Es lag immer noch reglos auf dem Sand. Der kleine Teufel sah gar nicht gefährlich aus, dachte Jan. Wie lange dauerte es wohl, bis er wieder erwachte?

In diesem Moment begann er sich zu bewegen.

„Kuno, schnell!", rief Jan. „Lauf zum Springteufel und setz dich ihm auf die Schulter. Wenn er erwacht, zeigst du ihm deine Blockflöte und dass du ihn wieder schlafen legst, wenn er uns nicht freilässt."

„Aber vielleicht sinkt Kuno auch ein", meinte Rebecca. Schon setzte der Kobold vorsichtig einen Fuß auf den Sand und prüfte, ob er stehen konnte. Im nächsten Moment schaute er seine Freunde an und grinste.

Der Springteufel begann, sich mit wackeligen Beinen aufzurichten. Kuno hastete zu ihm hin. Das Zauberwesen sah den Kobold auf sich zukommen, doch Kuno machte einen kleinen Schlenker und sprang ihm von hinten auf den Rücken. Dann klemmte er die kleinen Beinchen um den Hals des Moorwesens, um nicht abgeschüttelt zu werden.

„Springteufel, du weißt, welche Macht meine Flötblocke hat? Wenn du nicht immer wieder in Schlaf versinken willst, befreist du die Kinder auf der Stelle aus dem Sand."

Das Zauberwesen versuchte, den kleinen Kobold von seinem Rücken zu schütteln, aber es gelang ihm nicht.

„Leg mich schlafen!", sagte der Springteufel. „Irgendwann werden mich die Dunkelelfen befreien."

„Schlecht überlegt, Rotauge!", entgegnete Kuno. „Solange ich die Flöte habe, lege ich jeden in den Schlummer. Auch die Dunkelelfen."

Er musste ja nicht sagen, dass er irgendwann aus der Puste kommen würde.

„Springteufel, du hast doch auch Gutes in dir", mischte sich Rebecca ein. „Du kannst jederzeit entscheiden, auf unsere Seite zu kommen. Du könntest deine Tat wiedergutmachen."

„Glaub mir", ergänzte Marvin, „es ist schön, Freunde zu haben, die einen gernhaben. Ich war auch nicht immer nett zu Jan. Inzwischen sind wir die besten Freunde und halten zusammen. Das ist echt ein gutes Gefühl." Bei den letzten Worten schaute er hinüber zu Jan, der ihn nun anlächelte.

„Ich würde dich auch wieder in den Arm nehmen", sagte Rebecca sanft.

Der Springteufel schaute die Kinder nachdenklich an. Dann sprach er leise: „Wieso gebt ihr mir noch eine Chance? Ich habe euch hintergangen. Ihr könnt mir nicht mehr trauen."

Rebecca schaute dem Zauberwesen in die roten Augen.

„Es ist deine Entscheidung, ob du dich für immer der Dunklen Seite oder uns anschließen willst."

Da begann der Springteufel zu weinen. Tränen liefen sein kleines rotes Gesicht hinab.

„Lass uns frei", bat Jan.

Der Springteufel nickte und zeigte auf die Kinder. Im nächsten Moment standen sie wieder auf dem Sand.

„Wir sollten unsere kämpfenden Kameraden nicht vergessen!", gab Marvin zu bedenken.

Sie schauten hinüber zu den Drachen. Ein Zischen und Klackern drang an ihre Ohren.

Dann spürten sie ein Stampfen unter ihren Füßen, wie ein tiefes Grollen, und der Sandboden schien zu zittern. Eine ganze Herde Nuareg stürmte im polternden Galopp auf den Kampfplatz zu. Sie wirbelten mit ihren Hufen den Sand auf, sodass es aussah, als würde sich eine Wolke langsam vom Boden erheben und hinter ihnen herschweben.

„Wir bekommen Hilfe!", rief Jan, dann rannten sie los.

13. Kapitel

Die Muta Morgana

Als sich die Dunkelelfen der Übermacht der Nuareg gegenübersahen, ergriffen sie die Flucht. Die Schwarzwürmer brachten sich vor den schweren Hufen tief im Sand in Sicherheit. Der Kampf war entschieden. Die Zitterelfen schwebten herbei und setzten die verletzten Dunkelelfen, die nicht hatten wegfliegen können, in ihr Haar, in dem sie noch vor Kurzem die Schwarzwürmer gepflegt hatten.

Majestatus und Feridun atmeten schwer. Die vielen Feuerstöße hatten sie beide geschwächt. Müde sagte der Herr des Lichts: „Die heutige Schlacht ist gewonnen, aber die Dunkelelfen sind immer noch nicht besiegt." Alle wussten, er hatte recht. Die Feinde würden warten, bis sie wieder zu Kräften gekommen waren, und dann erneut ihren Schrecken verbreiten. Sollte es denn nie enden?

Kurz informierte Jan die Drachen, dass sie den Kobold befreit hatten. Auch Kammzahn und Graf Mandala hörten neugierig zu. Die Nuareg standen ebenfalls dabei und ihre langen Wimpern bewegten sich auf und ab, während sie Jans Bericht lauschten.

Feridun fragte Kuno, der immer noch mit der Blockflöte in der Hand auf dem Rücken des Springteufels saß: „Und du, kleiner Koboldfreund, bist wohlauf?"

„Die Dunkelelfen und ihre fiesen, krabbelnden Freunde hatten gegen mich einfach keine Chance", entgegnete Kuno mit einem Lächeln.

„Hey, Zotteltier", durchbrach Mandala die Stimmung. „Schön, dass du wohlauf bist. Hast du deine Wärter ohnmächtig gequatscht oder sie mit deinem quietschenden Flötenspiel in die Flucht geschlagen?"
Kuno nuschelte etwas, das niemand verstand. Nur das Wort „... großmäulig ..." hatten alle deutlich gehört.
„Unser kleiner Koboldheld hat die Dunkelelfen belauscht, als sie mit den Schwarzwürmern ihren Hinterhalt planten", sagte Rebecca. „Als er erfuhr, dass wir uns der Oase näherten, hat er gerufen, bis wir ihn hörten."
Sie streichelte ihm über den zotteligen Kopf und der Kobold richtete sich dabei mit einem breiten Lächeln auf.
„Wir haben ihn befreit", ergänzte Marvin. „Und dann hat der Springteufel uns einsinken lassen. Er wollte uns den Dunkelelfen als Geiseln ausliefern."
„Ist das wahr?", donnerte Fürst Feridun. „Dafür werde ich dich bestrafen, Springteufel!"
Majestatus entgegnete ruhig: „Sei nicht zu streng mit ihm, mein Sohn. Auch über dich hatte das Böse einmal große Macht, weißt du noch? Wir haben einen freien Willen und wir können uns jeden Tag neu entscheiden, ob wir den Weg des Lichts oder des Dunkels wählen wollen."

Feridun senkte den Kopf. Majestatus hatte ja so recht. Er selbst hatte einst seinen Vater durch den Bergzauberer verfluchen lassen, um die Macht über das Zauberreich zu gewinnen. Er hatte sogar gemeinsame Sache mit den Dunkelelfen gemacht. Und sein Vater hatte ihn nicht dafür verstoßen, sondern ihm sogar die Freiheit geschenkt, als er in Ketten hilflos in seiner Höhle lag.

Fürst Feridun sagte mit deutlich milderer Stimme: „Springteufel, mein Vater ist weise. Und du sollst die Chance haben, dich zu entscheiden, wohin du dich wenden willst, ins Licht oder ins Dunkle. Du hast die Wahl und wir lassen dich ziehen."

Majestatus nickte zu den Worten seines Sohnes.

Alle schauten den Springteufel an, als er zu sprechen begann: „Die Menschenkinder waren nett zu mir. Sie haben mir Freundlichkeit entgegengebracht. Ich aber habe sie hintergangen und ihr Vertrauen missbraucht. Ich schäme mich und wünschte, das Böse hätte keine so große Macht über mich." Er senkte den Blick. „Ich würde gerne bei euch bleiben und hoffe sehr, dass ihr mir noch einmal eine Chance gebt. In Zukunft möchte ich auf eurer Seite stehen, auf der guten Seite."

Der Springteufel stand mit hängendem Kopf da.

„Na, dann kann ich ja endlich von deinem Rücken runtersteigen", sagte Kuno und sprang in den Sand.

Majestatus wandte sich an die Nuareg und seine Stimme war wieder so kraftvoll wie eh und je: „Wüstenvolk, wir danken euch für eure Hilfe. Die Dunkelelfen sind geflüchtet und eine Weile so schwach, dass wir nichts von ihnen zu befürchten haben. Das wird leider nicht immer so bleiben. Unsere Aufgabe ist noch nicht erfüllt." Er machte eine Pause, schaute in die Runde, dann fuhr er fort: „Kehren wir zurück zum Schloss und berichten der Wüstenkönigin, was passiert ist. Wenn wir uns alle von diesem Abenteuer erholt haben, müssen wir darüber nachdenken, wie es weitergehen kann."

Alle konnten die Enttäuschung aus den Worten des Drachen heraushören. Es war ein schwerer Kampf gewesen, sie hatten gesiegt, aber es hatte nichts genutzt. Die Gefahr durch die Dunkelelfen war noch immer nicht gebannt.

Die Nuareg marschierten los und alle folgten ihnen. Über ihnen flatterten die Fledermäuse und das Schlusslicht bildeten die Zitterelfen, die schwer an den geschwächten Dunkelelfen in ihrem Haar trugen. Kuno und der Springteufel gingen nebeneinander. Vor den beiden schritten Jan, Rebecca und Marvin. Graf Mandala, obwohl er fliegen konnte, hatte es sich auf Fürst Feridun bequem gemacht. Auch die beiden Drachen gingen zu Fuß, denn Majestatus fühlte sich nach dem Kampf noch zu schwach zum Fliegen.

Inzwischen war es Mittag in der Zauberwüste. Die Hitze war so groß, dass die Luft zu knistern schien. Die violette Sonne brannte unerbittlich auf die Freunde nieder und der rote Wüstensand unter ihren Füßen glühte fast so heiß wie eine Herdplatte. Den Nuareg schien das alles nichts auszumachen. Gemächlich trotteten sie mit ihren breiten Hufen durch den Sand.

Das Wüstenvolk führte die Gruppe einen anderen Weg als am Morgen, denn nach einer Weile erreichten sie eine weitere Oase. Majestatus erkundigte sich nach dem Grund.

Einer der Nuareg klimperte mehrmals mit den Augen, bevor er sprach: „Unsere Königin Garamanta hat uns angewiesen, euch hierhin zu führen. Es ist nicht irgendeine Oase. Wir Wüstenbewohner suchen sie auf, wenn wir Ruhe und Erholung benötigen. An keinem anderen Ort der Wüste wachsen so schöne Blumen und Pflanzen und es gibt einen kleinen, kühlen See, in dem man sogar baden kann."

„Tolle Idee!", jauchzte Graf Mandala. „Feiern wir ein bisschen. Die Kartoffel macht Musik auf der Flöte und schon haben wir eine tolle Party!"

„Mir ist ja mehr nach hinlegen und ausruhen als nach tanzen", sagte Rebecca matt.

„Es ist eine wunderbare Idee", meinte Majestatus zu dem Nuareg. „Wir können eine kleine Erholungspause gebrauchen und schauen uns gerne diesen besonderen Ort an."

Die Oase war fast zugewachsen von Blumen in den unterschiedlichsten Größen und Formen. Die Blüten leuchteten in allen denkbaren Farben. Jan dachte, es sah aus, als habe jemand mit vielen verschiedenfarbigen

Pinseln einfach ein bisschen herumgespritzt. Kleine Wege waren angelegt, wie in einem Park. Über der Gruppe spendeten gigantische Bäume mit großen, breiten Blättern Schatten. Hier war es deutlich kühler als bei ihrem Marsch unter der erbarmungslos scheinenden Sonne.

Nach kurzer Zeit erreichte die Gruppe eine Senke, in deren Mitte der See lag. Er schimmerte in einem tiefen, fast schwarzen Blau. Wasserblumen schwammen überall auf der Oberfläche. Auch ihre Blüten erstrahlten in wunderbar leuchtenden Farben. Darüber hinweg flogen Fische. Um den See herum lag weißer Sand. Man hätte meinen können, es sei Schnee.

„Was für ein friedlicher Ort", sagte Rebecca und alle dachten das Gleiche.

Kurze Zeit später tat jeder, was ihm am meisten Spaß machte. Die Fledermäuse tollten mit den Fischen ausgelassen knapp über dem Wasser in der Luft. Die beiden Drachen hatten sich mit ihren gigantischen Körpern in dem weißen Sand auf den Rücken gelegt und streckten ihre glänzenden Bäuche in den Himmel. Marvin planschte ein bisschen im See herum. Kuno, Mandala und der Springteufel waren jeder für sich losgezogen und betrachteten staunend die vielen verschiedenen Blumen und Pflanzen.

Die Nuareg lagen in der gesamten Oase verteilt irgendwo im Schatten und machten Bewegungen mit ihren

Mäulern, die die Kinder an Kaugummikauen erinnerten. Es war ein Frieden in dieser Oase und in ihnen allen selbst, wie sie ihn seit dem Beginn dieses Abenteuers nicht erlebt hatten.

Jan und Rebecca spazierten schweigend über die sandigen Wege und bestaunten die vielen Farben und Formen der Blüten um sie herum. Irgendwann hatten sie das andere Ende der Oase erreicht. Zwischen den letzten Bäumen hindurch konnten sie wieder den dunkel leuchtenden Sand ausmachen, auf den die erbarmungslose Sonne niederschien.

Sie blieben im Schatten stehen, unschlüssig, was sie nun machen sollten.

Jan wandte sich an Rebecca: „Sollen wir umkehren und zu den anderen am See gehen?"

Rebecca nickte nur und wollte sich schon umdrehen, da erregte etwas ihre Aufmerksamkeit. Sie deutete mit dem Finger zum Horizont. Unterhalb der Sonne sah sie sich selbst neben Jan stehen, aber so, als würden sie frei in der Luft schweben.

Jan folgte ihrem Blick und staunte ebenfalls. Dort schwebten sie beide am Himmel, verschwommen und in leichter Bewegung, wie das Spiegelbild, wenn man vom Ufer in einen See schaut.

„Ich glaube, das ist eine Fata Morgana. Wenn die Luft ganz heiß ist, dann kommt es in der Wüste manchmal zu solchen Luftspiegelungen."

„Ach, Jan, was bist du klug." Rebecca lachte glockenhell.

„Tja, wenn man im Unterricht gut aufpasst und nicht herumträumt ...", meinte er grinsend.

„Kannst du mir dann mal erklären", fragte Rebecca plötzlich mit ernster Stimme, „warum wir in der Spiegelung Hand in Hand stehen, obwohl wir das gerade gar nicht tun?"

Jan blickte auf. Rebecca hatte recht, dort am Himmel standen sie tatsächlich Hand in Hand. Verwirrt schaute er an sich herab, als müsse er überprüfen, ob sie sich nicht vielleicht doch aneinander festhielten und er es nur nicht gemerkt hatte.

„Das ist ein bisschen unheimlich", sagte er leise.

„Hey, hier seid ihr!", hörten sie jemanden sprechen. Sie wandten sich um und erkannten Kuno, der fröhlich hüpfend auf sie zukam.

Jan deutete nur auf die Spiegelung am Himmel und fragte: „Was tun wir gerade da oben?"

Kuno folgte Jans Blick und bekam große Augen. „Hey, da bin ja ich!"

„Was?", schrien Rebecca und Jan wie aus einem Mund.

„Aber ich weiß nicht, wer das ist, der da vor mir steht."

Jan und Rebecca schauten wieder auf die Spiegelung, oder was immer das war, aber sie sahen dort dasselbe Bild wie eben.

Jan drängte: „Sag uns bitte genau, was du da siehst!"

„Hey, alles klar?" Kuno grinste. „Guckt doch selbst! Da! Ich, und das andere ist ein wirklich sehr nettes Kobold-mädchen."

„Du siehst dort wirklich zwei Kobolde am Himmel?", fragte Rebecca.

„Was denn sonst?", gab Kuno zurück. „Alles in Ordnung mit euch?"

Jan war aufgeregt. „Los, wir sagen den anderen Bescheid. Vielleicht weiß jemand, was das zu bedeuten hat. Kuno,

du bleibst hier und beobachtest weiter den Himmel."
„Gern", sagte er und schaute mit verzücktem Blick auf die seltsame Erscheinung.

Jan und Rebecca rannten den Pfad zurück, bis sie am See angekommen waren. Dabei riefen sie aufgeregt: „Los, Leute, kommt, seht euch das an! Hoch mit euch! Beeilung! Vielleicht ist es gleich wieder verschwunden."

Mandala meckerte: „Erst will keiner 'ne Party machen und dann sollen wir alle durch die Oase rennen."

Majestatus und Feridun hatten sich auf ihre breiten Beine gestellt. Auch die Nuareg erhoben sich schwerfällig. Dazu knieten sie sich zunächst auf alle vier Beine und richteten sich erst hinten, dann vorne auf.

Die Fledermäuse, der immer noch meckernde Mandala und der Springteufel schlossen sich der Gruppe an, die nun hinter Rebecca und Jan hereilte.

Sie trafen auf Kuno, der unverwandt auf die Erscheinung am Himmel blickte. Auch die anderen schauten dorthin und für einen Moment wurde es ganz still.

„Ich sehe was anderes als Kuno, aber dasselbe wie Rebecca!", sagte Jan atemlos.

Einer der Nuareg sagte: „Das ist eine Muta Morgana."
„Heißt das nicht Fata Morgana?", fragte Jan.

Der Nuareg schüttelte seinen mächtigen Kopf. „Eine Fata Morgana kennen wir auch. Aber die Muta Morgana ist etwas Besonderes. Es ist eine sehr seltene Erscheinung.

Es gibt Zauberwüstenwesen, die in ihrem Leben nie eine gesehen haben."

„Es ist keine Luftspiegelung durch die Hitze?", wollte Jan wissen.

Der Nuareg antwortete: „Nein, es ist ein besonderer Zauber der Wüste. Wem die Muta Morgana erscheint, der bekommt ein ganz besonderes Geschenk." Das Wüstenwesen schaute in den Himmel und lächelte. „Manchmal vergessen wir, was für uns im Leben wirklich wichtig ist, weil wir so viel zu tun haben. Wir wissen gar nicht mehr, was unser Ziel ist. Das ist ja nicht essen und schlafen und auch nicht etwas haben wollen ..."

Feridun redete dazwischen: „Ich sehe die gesamte Zauberwelt mit all ihren Bewohnern. Neben mir ist mein Vater, und es ist ganz friedlich dort ..."

„Das sehe ich auch", sagte Majestatus.

„Ihr schaut euch gerade euren größten Wunsch an, euren Herzenswunsch sozusagen", erklärte der Nuareg. Bei den letzten Worten hatten sich Rebecca und Jan angeschaut und wurden beide gleichzeitig rot.

„Ein schöner Wunsch für die Herrscher der Zauberwelt", fand der Nuareg.

Jan wandte sich an den Kobold: „Soso, dein größter Wunsch ist es, ein Koboldmädchen zu treffen."

Kuno versuchte, lässig zu gucken: „Wusste ich doch schon vorher. Ich war ja eigentlich sowieso schon auf dem Weg zur Traumfeen-Nacht."

„Ich sehe auch etwas", sagte der Springteufel leise.

14. Kapitel

Der Wunsch der Dunkelelfen

Alle drehten sich zum Springteufel, als er weitersprach, während er in den Himmel schaute. „Ich sitze im Moor auf einem Stein. Ganz viele Zauberwesen gehen an mir vorbei und grüßen mich freundlich." Er machte eine Pause, dann berichtete er weiter. „Sie freuen sich, mich zu sehen. Ich winke zurück. Mit einigen unterhalte ich mich. Sie haben alle keine Angst vor mir. Sie sagen etwas Nettes zu mir, aber ich falle nicht um." „Das ist also dein Ziel, Springteufel", sagte Majestatus mit warmer Stimme. „Ich höre das mit großer Freude." Jan schaute sich um. Die Zitterelfen, die Fledermäuse und alle anderen um ihn herum blickten in den Himmel und entdeckten in der Muta Morgana ihren verborgenen Wunsch, das, was ihnen in der Tiefe ihres Herzens wichtig war. Und sie alle, Zauberwesen wie Menschen, sahen dort oben offenbar Bilder voll Frieden und Liebe. Wer wollte schon Hass und Kampf, wenn er einmal ganz tief in sich hineinhorchte?

„Der Kampf gegen die Dunkelelfen ist sinnlos", sprach Jan vor sich hin. „Man müsste sie für immer einsperren, um Ruhe vor ihnen zu haben. Aber wenn wir das tun, dann sind wir alle doch genauso böse wie sie. Andererseits – kann man sie deshalb einfach so weitermachen lassen? Nein, sicher nicht. Die anderen Bewohner der

Zauberwelt haben ein Recht, in Frieden leben zu können, ohne Angst." Und dann kam Jan ein Gedanke, der so ungeheuerlich war, dass sein Herz heftig in seiner Brust schlug. Er versuchte, sich ein wenig zu beruhigen, bevor er laut fragte: „Was würden denn wohl die Dunkelelfen in der Muta Morgana sehen?"

Fürst Feridun schaute nachdenklich zur Himmelserscheinung. „Vielleicht würden sie sich als Herrscher über die gesamte Zauberwelt sehen."

Jan schüttelte den Kopf. „Denk an den Springteufel. Er hat auch ein friedliches Bild gesehen. Was, wenn das bei den Dunkelelfen genauso ist? Vielleicht sind auch sie nicht nur böse. Das ist doch möglich."

„Und wenn sie in der Tiefe ihres Herzens ein friedliches Bild sehen, würden sie womöglich ihre bösen Ziele aufgeben", dachte Majestatus laut nach.

Eine Zitterelfe schwebte heran und sang mit zarter Stimme: „Geben wir ihnen die Chance. Wir haben doch einige der kranken Dunkelelfen in unserem Haar."

Majestatus nickte bedächtig. „Wir sollten es versuchen." Er schaute zu den anderen Zitterelfen hinüber. „Bringt die Dunkelwesen her!"

Müde flatterten die Dunkelelfen von den Köpfen der Zitterelfen herab. Ihre Flügel waren zerzaust, einige mussten sich auf den Boden setzen. Und alle schauten ängstlich auf den mächtigen roten Drachen. Eine von ihnen sprach leise klackernd: „Was willst du von uns,

Majestatus? Wir werden dir nicht dienen. Du wirst keine Freude daran haben, dass wir deine Gefangenen sind."

„Du hast recht, Elfe", entgegnete der Drache. „Daran habe ich keine Freude, denn ich will Frieden in der Zauberwelt. Das ist mein höchstes Ziel. Und deshalb bekommt ihr eine Chance. Schaut in den Himmel und erzählt uns, was ihr seht. Wenn ihr uns die Wahrheit sagt, dann könnt ihr sofort zu eurem Volk zurück-kehren."

„Wo ist der Trick?", fragte eine Dunkelelfe misstrau-isch.

„Ihr wisst, dass mein Wort gilt. Ihr könnt euch darauf verlassen", erwiderte der Drache.

Einige der Dunkelwesen hatten bereits die Muta Mor-gana entdeckt und ihr böser Gesichtsausdruck hatte sich verändert. Unsicher schauten sie einander an. Der Anblick schien sie zu verwirren.

„Also, ich höre!", drängte Majestatus. „Beschreibt, was ihr seht!"

„Was ist das?", fragte eine Dunkelelfe zurück.

„Eine Muta Morgana", erklärte Rebecca. „Sie zeigt euch die wahren Wünsche in der Tiefe eurer Herzen."

„Wo haben die denn ein Herz?", nuschelte Graf Man-dala, aber keiner achtete auf ihn.

Die Dunkelelfen starrten auf die Himmelserschei-nung und waren ganz still. Erwartungsvoll beobachteten die anderen Zauberwesen und die Kinder sie dabei.

Endlich sprach eine Dunkelelfe: „Das ist unfassbar."
Es war wie ein Signal. Auch die anderen Dunkelelfen
klackerten los. Man verstand kein Wort, so aufgeregt
waren sie.

Dann sprach eine von ihnen zu Majestatus, und man
hörte in der Stimme, wie erstaunt sie über die Erscheinung war: „Wir sind nicht allein dort am Himmel. Wir
sehen uns vereint als ..." Die Elfe schluckte. „... als ein
Volk mit den Zitterelfen."

„Ist es ein friedliches Zusammensein?", fragte der Drache zurück.

Die Dunkelelfen nickten langsam.

Die Kinder schauten sich an. Auch sie wussten ja, dass
die Zitterelfen und die Dunkelelfen vor langer Zeit *ein*
Volk gewesen waren. Das hatte ihnen einst die Elfen-
königin erzählt. Dann hatten sich die Dunkelelfen dem
Bösen zugewandt.

Majestatus ergriff das Wort: „Meine Entscheidung ist
gefallen. Ihr seid frei. Ich bitte euch, eurem Volk zu erzählen, was ihr gesehen habt. Führt sie hierher in die
Oase. Alle sollen einen Blick in die Muta Morgana wer-
fen, solange sie noch da ist. Es gibt noch eine Chance
für Frieden in der Zauberwelt!"

Im nächsten Moment erhoben sich die kleinen Wesen
in den Himmel. Die, die noch nicht selbst fliegen konnten, wurden von den anderen getragen.

Als die Dunkelelfen am Horizont verschwunden waren,
standen alle unschlüssig da.

Majestatus sagte in die Runde: „Wir werden hier warten. Aber ich bitte das Volk der Nuareg, ihrer Königin Garamanta zu berichten, was hier geschehen ist. Sobald die Dunkelelfen einen Blick auf die Muta Morgana geworfen haben, machen wir uns auf zum Wüstenschloss. Denn dann ist unser Auftrag erfüllt."

„Das wird nicht nötig sein", sprach einer der Nuareg. „Die Laternenfliegen informieren unsere Herrscherin ständig über den Verlauf der Ereignisse. Sie weiß bereits, wie der Kampf ausgegangen ist. Und auch, dass wir auf eine Muta Morgana gestoßen sind."

„Vielleicht kommen die Dunkelelfen gar nicht zurück. Und wenn sie kommen, müssen wir dann nicht damit rechnen, dass sie uns einfach wieder angreifen, statt in den Himmel zu schauen?", überlegte Marvin.

„Eine berechtigte Frage", entgegnete Fürst Feridun.

„Die Dunkelelfen werden kommen, das spüre ich", erklärte Majestatus. „Sie werden ungläubig sein, wenn sie von ihren Gefährten erzählt bekommen, was diese in der Muta Morgana gesehen haben. Vielleicht überlegen sie, uns noch einmal anzugreifen. Aber ich bin zuversichtlich, dass sie alle wissen wollen, was es mit der Himmelserscheinung auf sich hat."

Sie warteten und hofften. Würde das Bild der Muta Morgana so stark sein, dass die Dunkelelfen wieder mit den Zitterelfen zusammenfanden und ein gemeinsames Volk bildeten, wie sie es einst waren? Es war die große

Chance für den Frieden in der Zauberwelt. Ein Frieden, der nicht durch Kampf entschieden würde, sondern durch die Erkenntnis, dass in allen Menschen und Zauberwesen ein Wunsch nach Liebe war. Zuweilen war er verborgen, aber wenn man genau schaute, dann konnte man ihn finden. Und wenn man ihn fand, war er so stark, dass alles andere keine Bedeutung mehr hatte. So hatten sie es erfahren, als sie selbst in die Muta Morgana geschaut hatten.

Auf einmal verdunkelte sich der Himmel. Schwarzer Nebel waberte über der Oase. Alle schauten auf.
Die Dunkelelfen schwebten herab. Schweigend wandten sie sich dem Himmelsbild zu. Die Umstehenden beobachteten sie dabei. Sie sahen, wie sich der bösartige Gesichtsausdruck erst in ungläubiges Staunen und dann immer mehr in einen friedlichen Blick verwandelte. Alle wussten, dass sie einen großen Moment miterlebten. Das Böse war aus den Gesichtern der Dunkelelfen verschwunden.
Und dann schwebten die Zitterelfen heran, mitten unter das Volk der Dunkelelfen. Und eine der Lichtgestalten sagte mit singender Stimme: „Volk der Dunkelelfen, wir haben dasselbe Bild in der Muta Morgana gesehen wie ihr. Wir wünschen uns Frieden mit euch."
Nun flogen auch die Dunkelelfen um die Zitterelfen herum, langsam, in einem steten Auf und Ab. Es sah aus wie ein Tanz zu einer langsamen Musik. Und dann

geschah etwas noch Unglaublicheres: Der Himmel klarte auf. Über ihnen verschwand der schwarze Nebel wie Morgendunst, der von der Sonne aufgesaugt wurde.

Gemeinsam schwebten die Dunkelelfen mit den Zitterelfen in den Himmel hinauf. Bald waren die einzelnen Zauberwesen nicht mehr zu erkennen. Gemeinsam flogen sie dem Horizont entgegen.

In die Stille hinein sprach Majestatus: „Es gibt nichts mehr zu tun. Wir verabschieden uns von der Wüstenkönigin und dann treten wir den Heimweg an."

Kammzahn flatterte heran und sagte zu ihm: „Unsere Arbeit ist getan. Ich schlage vor, dass ich mit meiner Truppe zurückfliege. Wenn die Temperaturen in der Zauberwelt wieder normal werden, wird auch allerlei Gesindel wieder munter werden. Ich denke nur an die Werwölfe ..."

„Du hast recht, Kammzahn!", entgegnete Majestatus. „Ich danke dir und deinen Fledermausfreunden für die Unterstützung und den mutigen Einsatz."

Kammzahn nickte. Stolz lag in seinem Blick. Er verabschiedete sich herzlich von den Kindern, Kuno und dem Springteufel und ganz besonders lange von Mandala, dann wandte er sich an die Fledermäuse: „Los, Jungs, ab nach Hause!" Ein Rauschen erhob sich daraufhin aus den Bäumen ringsherum. Die Fledermäuse flogen auf, verdeckten für einen Moment den Himmel, dann schossen sie in hohem Tempo über die Wipfel davon.

„Hey, Mandala, willst du nicht mit ihnen fliegen?", fragte Jan.

Der kleine Halbvampir schüttelte den Kopf. „Ich hab mir überlegt, ich begleite den Kobold demnächst auf seinem Weg zur Traumfeen-Nacht. Vielleicht kann sich ein süßes Koboldmädchen für mich ..."

„Was?", schrie Kuno auf. „Alle werden die Flucht ergreifen, wenn sie deine spitzen Zähne sehen! Oder schon früher, wenn du deine Sprüche loslässt."

Graf Mandala lachte. „Ach, Kuno, das war Spaß. Ich will mich nur von euch allen verabschieden. Du wirst mir fehlen, Zotteltier."

„Mandala, willst du uns nicht erzählen, was du in der Muta Morgana gesehen hast?", fragte Rebecca vorsichtig.

Der kleine Halbvampir senkte den Kopf. Nach einer Weile sagte er: „Ach, lieber nicht. Aber was ich gesehen habe, hat mich zu einer Entscheidung geführt. Ich werde nach Hause fliegen, in mein altes Schloss, zu meiner Mama. Und dort gibt es ja noch andere Vampire. Mit ihnen zusammen möchte ich mal wieder gemeinsam in eine Tüte Milch beißen. Daher werde ich auch nicht in die Zauberwelt zurückreisen."

Mandala umarmte die Kinder, nickte den Nuareg zu und wandte sich dann an den Springteufel. „Da du nun keinen Unfug mehr im Nymphen-Moor anstellst, haben die Fledermäuse ja noch weniger zu tun. Aber das werden sie verkraften."

Er erhob sich mit einigen der inzwischen eingetroffenen Laternenfliegen in die Lüfte und rief Rebecca zu: „Hey, Zuckerschnecke, wenn du den kleinen Träumer mal leid bist ...", er deutete auf Jan, „... dann melde dich und wir lassen es krachen."

„Mach ich!", sagte Rebecca und zwinkerte ihm mit einem Auge zu.

Alle winkten ihm nach, bis er nicht mehr zu sehen war.

15. Kapitel

Überraschender Besuch für Kuno

Die Wüstenkönigin empfing die erschöpfte Gruppe aus Zauberwesen und Menschen in ihrem Saal. „Mangold Majestatus, du hast uns allen und sogar unseren Feinden den Frieden gebracht. Wir danken dir!" Die anwesenden Laternenfliegen ließen ihre kleinen Körper tiefblau aufblinken, zum Zeichen ihrer Freude. Die beiden Drachen, die Kinder, Kuno und der Springteufel hatten es sich in dem großen Saal der Wüstenkönigin auf den bunten, seidigen Kissen bequem gemacht.

„Ohne die Erscheinung der Muta Morgana hätten wir das Problem aber nicht so schnell lösen können", gab Majestatus zu bedenken.

Jan fragte: „Glaubt ihr denn, dass die Dunkelelfen nun für immer dem Bösen abgeschworen haben?"

Fürst Feridun antwortete: „Der Bergzauberer sagte einst, es muss das Böse geben, damit das Gute zu erkennen ist."

„Ich glaube, das Gute ist immer ein bisschen stärker als das Böse", sagte Rebecca.

„So sind die Gesetze im Zauberreich", ergänzte Majestatus.

Marvin wandte sich an Garamanta: „Die Nuareg erzählten, dass die Muta Morgana eine äußerst seltene

Erscheinung ist. Ist das auch ein Gesetz des Zauberreiches, dass sie ausgerechnet zu diesem Zeitpunkt
erschienen ist?"

Garamanta schüttelte lächelnd den Kopf. „In diesem
Fall haben wir die Himmelserscheinung unseren neuen
Gästen zu verdanken, die ich euch gerne vorstellen
will." Sie klatschte in die Hände
und die Flügeltür zum Saal
öffnete sich. Donna Simona,
die Herrin der Engelsburg, trat
ein. Hinter ihr erschienen
zwei weitere Gestalten.
Kuno rief aus: „Schutz-
engel Gabriel und
Schutzengel Messriel?!"
Lächelnd schauten sich
die Engel um.
Donna Simona ergriff das
Wort: „Ich freue mich,
euch alle zu sehen und
grüße euch."
Majestatus fragte: „Habe
ich Garamanta richtig verstanden? Wir verdanken die
Himmelserscheinung euch?"

Donna Simona nickte. „Ich habe die Muta Morgana
über der Oase erscheinen lassen. Und ihr habt sie auf
wunderbare Weise nutzen können, um Frieden zu
schaffen."

121

Jan fragte aufgeregt: „Hast du auch darüber entschieden, was wir sehen?" Sein Blick ging unsicher hinüber zu Rebecca.

Die Leiterin der Engelsburg schüttelte energisch den Kopf. „Nein, das kann ich nicht. Das, was ihr gesehen habt, waren Bilder eures Herzens. Und darauf habe ich keinen Einfluss."

Kuno atmete laut aus. „Darf ich fragen, was Gabriel und Messriel hier machen? Sie kommen doch nicht etwa wegen mir?"

„Doch", entgegnete Donna Simona kurz.

Kuno sprang von seinem Kissen auf. „Aber wieso? Ich kann doch schon gut auf mich aufpassen. Mir ist gar nichts passiert."

Die Herrin der Engelsburg lächelte gütig. „Kuno, ich finde, es ist an der Zeit, dass du endlich die Traumfeen-Nacht erreichst. Ich will sichergehen, dass du dich nicht vorher wieder auf irgendein Abenteuer einlässt ..."

„Aber da brauche ich doch keine zwei Schutzengel. Die anderen Kobolde werden denken, dass ich ein Trottel bin!"

„Hast du denn vor, die Traumfeen-Nacht allein wieder zu verlassen?", fragte Donna Simona.

„Wie meinst du das?"

Rebecca mischte sich ein. „Ach, Kuno. Der zweite Schutzengel soll auf dein Koboldmädchen aufpassen. Verstehst du das nicht?"

Kuno schaute auf die beiden Schutzengel.

Gabriel und Messriel standen mit verschränkten Armen da und grinsten den Kobold an. Gabriel sagte: „Es kann nicht schaden, wenn zwei Schutzengel dafür sorgen, dass du auch tatsächlich die Traumfeen-Nacht erreichst."

Rebecca legte den Arm um den kleinen Kobold. „Für uns ist es auch ein gutes Gefühl, wenn wir wissen, dass jemand auf dich achtgibt, wenn wir zurück in die Menschenwelt reisen."

Bei den letzten Worten Rebeccas wurde allen klar, dass ihr gemeinsames Abenteuer beendet war.

Nachdem Donna Simona sich wieder auf die Rückreise zur Engelsburg begeben hatte, verabschiedeten sich die Freunde von Königin Garamanta und den anderen Wüstenbewohnern. Jan und Rebecca setzten sich auf Majestatus. Marvin und Kuno nahmen auf Fürst Feridun den Springteufel in ihre Mitte. Über ihnen schwebten die beiden Schutzengel.

Sie flogen über die Zauberwüste hinweg, unter ihnen glitzerte der Sand und über ihnen schien die violette Sonne. Ein letztes Mal sahen sie die Wanderdünen, wie sie sich unendlich langsam in Wellen fortbewegten.

Als die Sonne schon tief stand, erreichten die Freunde die Grenze zum Zauberreich. Sofort bemerkten sie, dass die Hitze nachgelassen hatte und die Bäume und Sträucher nicht mehr so vertrocknet aussahen. Die

Natur hatte begonnen, sich zu erholen. Sie landeten in der Nähe des Nymphen-Moors, um Kuno und den Springteufel abzusetzen.

Das kleine Zauberwesen mit den roten Augen strahlte die Kinder an. „Ich danke euch allen, dass ich das Abenteuer erleben durfte. Ich habe viel gelernt!"

Die Kinder und auch Kuno umarmten den Springteufel und er fiel durch diese Freundlichkeit nicht in Ohnmacht.

„Vielleicht kannst du die Moor-Nymphen davon überzeugen, die Wanderer nicht mehr mit ihrem Gesang in das Verderben zu locken", meinte Jan.

In diesem Moment vernahmen sie eine zarte Melodie. Jan erkannte sie sofort. Er hatte sie sich einst für Rebecca ausgedacht und den Zitterelfen vorgespielt. In den zarten Gesang mischten sich ein paar tiefere Töne, die aber den Klang wunderbar ergänzten.

„Wenn ich mich nicht täusche, singen da die Zitterelfen gemeinsam mit den Dunkelelfen", sagte Marvin.

„Klingt gut", meinte Jan.

„Der Ruf zur Traumfeen-Nacht!", jauchzte Kuno. „Hätte nie gedacht, dass mich auch die Dunkelelfen einmal dorthin rufen würden."

„Dann zieh los, bevor dir wieder ein Abenteuer dazwischenkommt", riet Feridun.

„Ich habe ja meine Schutzengel", meinte der Kobold mit einem Blick auf Gabriel und Messriel, die in einigem Abstand warteten.

Kuno verabschiedete sich herzlich von den Kindern und den Drachen. Dann sprang er in das Unterholz, aus dem der Gesang zu hören war, drehte sich noch einmal um und winkte. Gabriel und Messriel schreckten auf und folgten ihm hastig. Während auch sie im Unterholz verschwanden, hörte man einen der Schutzengel schimpfen: „Hast du das gesehen? Er hat überhaupt nicht darauf geachtet, dass dort fleischfressende Pflanzen wachsen ..."

16. Kapitel

Die Heimkehr

Gegen Abend erreichten die Drachen mit den Kindern auf ihren Rücken die Menschenwelt. In einer Schleife überflogen sie Jans Zuhause und landeten im Garten. Jan sprang von Feriduns Rücken und rief: „Mama, Mama! Wir sind wieder da!"
Die Terrassentüre öffnete sich nur einen Moment später und Jans sowie Rebeccas Mutter traten heraus. Marvins Eltern folgten ihnen.

Die Kinder umarmten ihre Eltern, deren Blicke immer wieder hinüber zu Feridun und Majestatus wanderten. Drachen in einem Garten bleiben nun mal ungewöhnliche Anblicke für Erwachsene. Inzwischen hatten sie genug Zeit gehabt, sich an den Gedanken zu gewöhnen, dass ihre Kinder mit Drachen befreundet waren. Sie nickten den seltsamen Wesen zu, während ihre Kinder durcheinanderredend von ihrem Abenteuer berichteten. Sie erzählten von der Begegnung mit der Wüstenkönigin Garamanta, von Kunos Gefangenschaft und schilderten ausführlich den Kampf zwischen Majestatus und den Dunkelelfen. Aufgeregt beschrieben sie die Rettung Kunos. Als die Kinder schließlich von der Himmelserscheinung in der Oase erzählten, sagte Jans Mama: „So eine Muta Morgana würde ich einigen unserer Politiker wünschen. Vielleicht erinnern sie sich dann daran, dass sie gewählt wurden, um unsere Welt, in der wir leben, zu schützen."

Die anderen Erwachsenen nickten.

Marvins Vater mischte sich ein: „Wie ihr sicher gemerkt habt, ist es in der Menschenwelt immer noch sehr heiß. Bei uns gibt es nämlich auch Dunkelelfen." Die Drachen schauten ihn erstaunt an. „Es sind die Leute, die immer nur an Geld denken und möglichst viel davon haben wollen, egal, ob es dadurch anderen Menschen schlechter geht. Sie zerstören die Natur, bis alles durcheinanderkommt. So wie jetzt. Hier ist es heiß wie in der Wüste und in der Wüste wird es kälter."

Jans Mutter richtete ihre Worte an Majestatus und Feridun: „Wollt ihr nicht hier in der Menschenwelt bleiben und uns im Kampf gegen unsere Dunkelelfen unterstützen?"

Majestatus schüttelte den Kopf: „Das wird nicht nötig sein. Solange es so verantwortungsvolle Menschenkinder wie Jan, Rebecca und Marvin gibt, wird das Gute siegen. Rebecca hat es im Saal der Wüstenkönigin ganz richtig gesagt: Das Gute ist immer ein bisschen stärker als das Böse."

Und Feridun ergänzte: „Die Gesetze im Zauberreich und in der Menschenwelt sind dieselben. Wenn man für eine gute Sache kämpft, wird man am Ende gewinnen. Man darf sich nur nicht darauf verlassen, dass etwas von selbst geschieht."

Alle nickten nachdenklich bei den Worten des Drachen-fürsten.

„Ich glaube, es ist Zeit, abzureisen", sagte Majestatus zu seinem Sohn Feridun.

Die Kinder umarmten die Drachen, während sie ihnen einen guten Rückflug wünschten. Dann erhoben sich Majestatus und Feridun mit kraftvollen Flügelschlägen in den Himmel und flogen davon. Die Kinder und auch die Eltern winkten ihnen nach, bis sie nicht mehr zu sehen waren.

Letztes Kapitel

Herr Thiele glaubt die Wahrheit nicht

Als Jan, Rebecca und Marvin den Klassenraum betraten, hatte der Unterricht bereits begonnen. Zur Entschuldigung für das Zuspätkommen gaben die Kinder an, sie seien noch sehr müde, denn sie hätten über das Wochenende eine Reise in die Wüste unternommen. Während sie ihre Plätze einnahmen, sagte Herr Thiele mit einem Seufzen, ihm sei am Wochenende auch sehr heiß gewesen.

Dann fragte er die Kinder, für welches Thema einer Gruppenarbeit sie sich entschieden hätten.

Die drei schauten sich an: Das hatten sie ja vollkommen vergessen. Jan überlegte kurz, dann sagte er: „Wir haben uns ein eigenes Thema für unsere Gruppenarbeit ausgesucht."

„Da bin ich aber gespannt!"

„Ich auch", flüsterte Rebecca kaum hörbar.

Jan straffte sich und erklärte: „Unser Thema heißt ‚Wie kann man aus der Liebe Energie für ein friedliches Leben der Menschen gewinnen?'"

Herr Thiele zog die Augenbrauen hoch. Dann sagte er: „Mmh, hat aber eigentlich nichts mit unserem Thema ‚Energie und Umwelt' zu tun, oder?"

„Doch, Herr Thiele", erklärte Rebecca. „Wenn wir liebevoll mit der Natur umgehen, kann sie uns viel Energie schenken. Wenn wir aber lieblos mit ihr umgehen, zerstören wir sie."

Ihr Lehrer schaute die Kinder lange an, dann nickte er. „Wann seid ihr denn auf dieses Thema gekommen?"

„Als die Dunkelelfen die Zauberwüste zerstören wollten", antwortete Jan.

Die Klasse lachte.

„Geht da gerade die Fantasie mit dir durch, Jan?", fragte Herr Thiele. Er schaute Marvin an. „Wo hast du dir eigentlich die Nase so verbrannt?"

„In der Zauberwüste", antwortete Marvin, während er seinen Lehrer anlächelte.

„Sie hätten die Zitterelfen gemeinsam mit den Dunkelelfen friedlich in der Luft tanzen sehen sollen ...", mischte sich Rebecca ein.

Herr Thiele stöhnte auf. „Seid ihr denn alle drei verrückt geworden? Wenn ihr das Thema bearbeitet, haltet bitte eure Fantasie ein bisschen mehr im Zaum."

Rebecca fragte Jan mit Flüsterstimme: „Was hätte wohl Herr Thiele in der Muta Morgana gesehen?"

„Wahrscheinlich stets aufmerksame Kinder in seinem Unterricht."

Sie zuckten zusammen, als eine scharfe Stimme sagte: „Hey, ihr zwei, ich hätte einen Wunsch an euch: Passt gefälligst auf!"

„Ich hab's gewusst", sagte Jan mit einem Grinsen.

Liebe Leserin, lieber Leser,

im Verlaufe von drei Jahren ist meine Fantastische Zauberwelt entstanden. Das ist eine lange Zeit und für mich wird es diese Zauberwelt immer geben. Aber die Geschichte von Rebecca und Jan, Kuno und den Dunkelelfen ist zu Ende erzählt.

Das muss aber nicht für dich so sein. Denke dir aus, wie es weitergeht. Erreicht Kuno die Traumfeen-Nacht? Werden die Zitterelfen und die Dunkelelfen dauerhaft in Frieden zusammenleben? Erleben Jan und Rebecca weitere Abenteuer? Bleiben Jan und Marvin Freunde? Wem begegnet Graf Mandala von Paprika auf seiner Heimreise? Wird es der Springteufel für immer schaffen, der Dunklen Seite der Zauberwelt fernzubleiben?

Glaub mir, es macht Spaß, sich das auszudenken. Ich weiß, wovon ich schreibe. Mir hat es sehr große Freude gemacht, die Geschichten für diese drei Bücher zu erfinden. Ja, es ist alles erfunden. Aber manchmal lese ich meine Geschichten noch einmal und dann denke ich: Die Zauberwelt ist gar nicht so weit weg von uns. In unserer Welt ist auch nicht alles in Ordnung. Allerdings kann jeder seinen Beitrag leisten, damit Menschen in Frieden und ohne Not leben können. Wir dürfen nicht zuschauen, sondern müssen selber handeln, sollten uns nicht auf andere verlassen, dass die sich schon kümmern. Dann kann jeder von uns etwas zum Guten verändern. So sind die Gesetze nicht nur im Zauberreich.

Denke an Rebeccas Worte: „Das Gute ist immer ein bisschen stärker als das Böse."

Guido Kasmann

Jetzt auch auf YouTube!

Guido Kasmann

lebt und schreibt in seiner Geburtsstadt Köln.

Lange Jahre arbeitete er als Grundschullehrer und in der Lehrerausbildung. Zum Schreiben hat er durch seine Kinder gefunden, denen er häufig abends selbst erfundene Geschichten erzählte. Irgendwann begann er, sie aufzuschreiben.

Viele Monate im Jahr tourt er durch Deutschland und präsentiert sein lebendiges Erzähltheater. Dabei erzählt und spielt er seine Geschichten vor Kindern. Die Gitarre ist immer dabei und manchmal auch die Figuren aus seinen Geschichten.

Wenn er gefragt wird, warum er für Kinder schreibt, sagt er: „Alles in mir und an mir ist erwachsener oder einfach älter geworden, nur ein Teil meiner Fantasie nicht – und der erzählt mir meine Geschichten."
www.GuidoKasmann.de

Carmen Hochmann

wurde am 21. Juni 1970 in Bielefeld geboren. Nach dem Abitur studierte sie Grafikdesign in Bielefeld. Seit 1996 arbeitet sie freiberuflich als Illustratorin, Autorin und Künstlerin. Mit ihrer Familie lebt sie in einem alten Haus auf dem Lande.

Autorenlesungen buchen

Das kindgerecht konzipierte Erzähltheater besteht aus dem Vortrag von Teilen der Romane, theatralischen Elementen sowie musikalischen Beiträgen und Gesprächen zwischen Autor und Kindern.

Kontakt:
info@guidokasmann.de
Betreff „Autorenlesung"
www.GuidoKasmann.de

Guido Kasmann im BVK Buch Verlag Kempen
– eine Auswahl –

Fantastische Zauberwelten
– Band 1
Der schwarze Nebel

Sind Drachen kitzlig? Kobold Kuno findet es heraus und verliert dadurch seine Schutzengel. Als er auf Jan trifft, gerät er in die Menschenwelt. Plötzlich entführen die bösen Dunkelelfen Rebecca und bringen sie dem mächtigen Drachen.

Jan und Kuno wollen sie befreien, doch zuerst müssen sie gegen fleischfressende Pflanzen, Moor-Nymphen und Springteufel kämpfen – bis sie vor dem Drachen stehen …

Hardcover ab 8 J., 140 S.
ISBN 978-3-86740-155-5
Best.-Nr.: LI38, EUR 7,50

– Band 2
Der Fluch des Bergzauberers
Hardcover ab 8 J., 176 S.,
ISBN 978-3-86740-245-3
Best.-Nr.: LI52, EUR 7,50

Die Bande der unbekannten Helden – rettet die Welt

Annika staunt: Im Arbeitszimmer ihres Vaters, einem Geschichtenerfinder, hängen merkwürdige Typen rum, ein stinkender Zwerg mit Namen Mief, XB-Omega 26 vom Planeten Plexus 3, Kapitän Hammerhaken und Skelett O'Hara … Dann bekommt Papa auch noch Besuch von einem Zauberer mit einer Topfpflanze. Annika belauscht das Gespräch zwischen den beiden und ihr wird klar: Sie muss die Welt vor dem bösen Zauberer retten. Und dazu braucht sie die Hilfe der unbekannten Helden in Papas Arbeitszimmer …

Hardcover ab 8 J., ca. 156 S., **Best.-Nr.: LI94**
ISBN 978-3-86740-640-6, **EUR 6,90**

Guido Kasmann im BVK Buch Verlag Kempen

Appetit auf Blutorangen

Kathi lernt das kleine Gespenst Gregor von Gutenbrink aus dem Hause derer von Niederfahrenhorst auf Burg Kummerschreck auf einer Geisterbahn kennen.

Gregor hat eine besondere Fähigkeit: Er kann Stimmen nachahmen. Klar, dass Kathi diese Fähigkeit zu nutzen weiß, z. B. beim Pfuschen in der Mathearbeit.

Aber leider bringt der vorlaute Gregor sie auch in peinliche Situationen, denn Kathi ist ein bisschen in ihren Klassenkameraden Thorsten verliebt. Ein Ausflug mit der Klasse zu einer Burg wird schließlich zu einem Abenteuer ...

Hardcover ab 8 J., 120 S., **Best.-Nr.: LI01**
ISBN 978-3-936577-56-3, **EUR 7,50**

Das Schweigen des Grafen

Im Museum von Gregor, dem kleinen Gespenst, wird das Gemälde von Graf Wilhelm von Wiesenfeld dem Dritten gestohlen und nach London in eine geheimnisvolle Galerie gebracht. Gregor folgt den Dieben, denn er will den Grafen retten, der in dieses Bild gezaubert wurde.

Ein Glück, dass Kathis Klassenfahrt zur gleichen Zeit auch nach London führt. Zusammen mit dem Rest der Kummerschreck-Bande stürzen sich Kathi und Gregor in ein neues Abenteuer. Eine spannende Fortsetzung des Taschenbuches „Appetit auf Blutorangen"!

Hardcover ab 8 J., 212 S., **Best.-Nr.: LI107**
ISBN 978-3-86740-792-2, **EUR 7,50**

Fiete Hering – Abenteuer im Müllmeer

Endlich darf der kleine Fiete Hering das weite Meer erkunden. Doch das ist voller Gefahren – und voller Müll! Menschen wollen ihn mit ihren Netzen fangen und er wird von seinen Eltern getrennt. Als ein riesiger Hai ihn fressen will, bleibt Fiete Hering im Müllmeer stecken. Können seine Freunde – die Makrelen Milli, Minni und Molli – ihm helfen? Und wie können sie wieder ins saubere, schöne Meer gelangen und Fietes Eltern finden? Ausgerechnet der Hai weiß Rat ...

Taschenbuch ab 7 J., 64 S., **Best.-Nr.: LI132**
ISBN 978-3-96520-151-4, **EUR 5,50**

Guido Kasmann im BVK Buch Verlag Kempen

Theo – das Tagebuch

Theo hat es nicht leicht:
Das Handy seiner großen Schwester hat Husten und bei Google findet er keinen Frühling. Bei zu langem Duschen muss ein Sondereinsatzkommando eingreifen, aber ein Schrubber ist noch lange kein Grund für Liebeskummer. Und Theo fragt sich zudem: Sind Gedichte nur was für Omas? Darf man eine Mama auch mal erfinden? Und hinterlassen Frösche Kratzer beim Küssen? Vielleicht sollte er lieber darüber nachdenken, wie er Antje aus seiner Klasse ansprechen könnte, aber da ist auch noch die sehr spezielle Hausaufgabe seiner Lehrerin. Zum Glück hat Theo ja diese verrückt tolle Familie …

Softcover ab 10 J., 144 S., **Best.-Nr.: LI112**
ISBN 978-3-86740-879-0, **EUR 6,50**

Allaq – Jäger im Eis

Allaq, der Inuitjunge, ist plötzlich auf sich allein gestellt und der Gnadenlosigkeit des ewigen Eises ausgeliefert. Wenn er überleben will, muss er Menschen finden, die ihn aufnehmen. Sein Weg führt ihn durch die Eiswüste. Er kämpft gegen Walrosse, Eisbären, Schneestürme, unmenschlichen Hunger und Erschöpfung. Und vor allem kämpft er darum, nicht aufzugeben. Aber als er schneeblind wird, scheinen ihn seine letzten Kräfte zu verlassen.

Hardcover ab 10 J., 128 S., **Best.-Nr.: LI74**
ISBN 978-3-86740-474-7, **EUR 6,90**

Lena! Chaos! Klappe, die erste!

Lena ist begeistert. Ein Filmteam will in der Pension, in der sie mit ihrer Mutter lebt, drehen. Doch die Aufnahmen verlaufen chaotisch: Satan, ihr Hund, bellt in die Szene, die Ratte Karlchen beißt die Stromkabel der Scheinwerfer durch und eine Katze bringt den allergiegeplagten Regisseur an den Rand eines Nervenzusammenbruchs. Dann ist auch noch plötzlich Matthäus, Lenas Steppenwaran, aus dem Terrarium verschwunden und eine hektische Suchaktion beginnt. Als der junge Hauptdarsteller Martin auf ihrem Pferd vom Drehort flieht und von der Polizei gesucht wird, begreift Lena, dass das Leben kein Film ist.

Hardcover ab 9 J., 240 S., **Best.-Nr.: LI105**
ISBN 978-3-86740-777-9, **EUR 8,90**